죽음의 끝

KB191620

죽음의 끝

1판 1쇄 발행 2025년 3월 7일

저자 김미선

교정 신선미   **편집** 문서아   **마케팅·지원** 김혜지

펴낸곳 (주)하움출판사   **펴낸이** 문현광

이메일 haum1000@naver.com   **홈페이지** haum.kr
블로그 blog.naver.com/haum1000   **인스타그램** @haum1007

ISBN 979-11-7374-022-0(03810)

좋은 책을 만들겠습니다.
하움출판사는 독자 여러분의 의견에 항상 귀 기울이고 있습니다.
파본은 구입처에서 교환해 드립니다.

이 책은 저작권법에 따라 보호받는 저작물이므로 무단전재와 무단복제를 금지하며,
이 책 내용의 전부 또는 일부를 이용하려면 반드시 저작권자의 서면동의를 받아야 합니다.

죽음의 끝

The End of Death

하움

차례

이 세상에 영원한 존재가 있을까?

인간의 본성은 죽음을 두려워하고 외면하며 회피하려 한다. 그들은 수명을 연장하기 위해 끊임없이 신약, 최첨단 의료 기술, 의학 생명공학 등을 부단히 연구해 왔다.

또한, 언젠가는 멸망할 지구와 함께 인류도 멸망할까 봐 두려워하며, 우주 비행 탐사선을 만들고 화성 이주 계획을 꿈꾸며 나아가 우주 정복을 꿈꾼다.

하지만 먼 미래만 바라보느라 정작 오늘날의 지구가 어떻게 죽어가고 있는지, 이 지구에서 사는 인류에게 어떤 위기가 닥치고 있는지, 인류가 화성 이주나 우주 정복을 실현하기 전에 우선해야 할 과제가 무엇인지 본질을 꿰뚫지 못할 때가 있다.

지구가 멸망한 후에도 인류가 살아남는다면, 과연 인류가 영생을 얻을 수 있을까?

또한 영생을 얻는다면, 과연 인류는 영원히 행복해질 수 있을까?

시간이 무한해지면 반복되는 일상과 경험으로 인간은 권태로움과 지루함을 느끼고, 오히려 삶의 목적과 의미를 잃게 될 것이다.

죽음이 있기에 우리는 유한한 시간 속에서 무엇이 가장 소중한지, 어떻게 살아가는 것이 진정으로 바람직한 것인지 생각하게 된다.

죽음이야말로 우리가 존재하는 이유가 아닐까?!

어쩌면 죽음은 끝이 아니라 새로운 시작일 수도 있다.

21세기의 마지막 해인 2100년, 인류의 과도한 탄소 배출로 인해 지구의 온도는 사람들이 예측했던 것보다 훨씬 더 많이 올라갔고 북극과 남극의 빙하가 빠른 속도로 녹았다. 그로 인해 바다 해수면이 상승하고 많은 도시가 바다에 잠기게 되었다. 높은 빌딩들이 바닷물에 잠겨 윗부분만 드러내고 있는 모습이 거대한 수상 도시를 방불케 했다.

인류의 기후변화 대응 실패와 환경 정책 실패로 기후 온난화가 가속화되면서 지구 곳곳에는 가뭄과 산불, 폭우와 홍수, 폭설과 한파, 태풍, 토네이도, 화산 폭발, 해일, 지진과 같은 자연재해가 빈번하게 일어나고 있었다. 그로 인해 생태계가 파괴되고 자원이 고

죽음의 끝

갈되고 농업이 붕괴하고 식량난과 식수난이 발생했다.

2050년에는 인구 93억 명을 돌파하고, 2100년에는 101억 명을 돌파할 것이라는 2020년의 예측과는 달리, 수많은 자연재해와 전염병, 식량 부족 및 물 부족으로 인해 목숨을 잃은 사람이 부지기수였다. 결국 2100년까지 지구상에 살아남은 인구는 오히려 감소하여 50억 명도 되지 않았다.

인류의 자연 파괴가 초래한 자연의 분노 앞에서 인류는 속수무책일 수밖에 없었다. 위대한 자연 앞에서 인류는 너무나도 초라한 존재에 불과했다

산이 무너지고 바다가 치솟는 모습을 지켜보며 사람들은 지구 종말과 인류 멸망이 다가오고 있다는 공포와 두려움에 벌벌 떨고 있었다. 희망을 먹고 사는 인간에게 희망을 앗아가는 것보다 더 잔인한 일이 있을까?!

지구는 더 이상 인류가 살기 좋은 아름다운 파란 별이 아니라, 지옥 그 자체였다. 그동안 인류가 저지른 만행으로 상처를 입었어도 늘 빠른 회복력을 보여 주던 지구가 아니었다. 안일하게 살아온 인류에게 곪을 대로 곪아 버린 지구가 내린 벌이었다. 매일같이 자연재해로 사랑하는 가족, 연인, 친구를 잃는 고통을 겪어야 한다면, 이보다 더한 지옥이 있을까?

상실의 시대였다.

*

한아름, 그녀는 올해 여름의 폭우로 부모님과 언니를 잃었다.

그들은 가난하여 빈곤층이 대거 모여 사는 이동식 목조 주택단지의 박스 형태 조립식 주택에서 살고 있었다. 어느 날 갑자기 쏟아져 내린 폭우로 홍수가 발생했고, 단지 전체를 휩쓸어 버리는 바람에 그의 가족들은 잠을 자던 중 아무것도 모른 채 죽음을 맞이했다.

다행히 아름은 이날 친구인 빛나의 초대로 빛나의 집에 놀러 갔다가 위기를 면할 수 있었다. 갑자기 쏟아져 내린 폭우로 꼼짝달싹 못 하게 된 아름은 집으로 돌아가고 싶었지만, 빛나의 만류에 어쩔 수 없이 그녀의 집에서 하룻밤을 묵기로 했다. 그 선택이 아름의 목숨을 구한 것이었다. 정확히는 최첨단 자연재해 방지 시스템이 갖춰진 빛나의 집에서 잤기 때문에 살 수 있었던 것이다.

양극화가 최고조에 달한 2100년, 이 세상에는 중산층이 사라지고 오직 재벌과 극빈층만이 남아 있었다. 상위 20%의 재벌들은 세계 부의 80%를 차지하고 있었고, 나머지 80%의 사람들은 고작 20%의 자원을 나눠 써야 했다.

다이아몬드 수저를 물고 태어난 빛나는 으리으리한 궁궐 같은 5층 저택에서 살고 있었다.

죽음의 끝

처음 빛나의 집을 방문한 아름이는 살면서 한 번도 본 적 없는 웅장한 집 모습에 입을 다물지 못했다.

빛나의 집 1층과 2층은 주차장으로 사용되고 있었다. 1층은 방문객들의 차량을 주차하는 공간이었고, 2층은 빛나의 세계 명품 자동차를 보관하는 곳이었다. 그곳에는 아름이가 브랜드 이름조차 잘 알지 못하지만, 엄청나게 비쌀 것 같은 차들이 수십 대나 줄지어 세워져 있었다.

3층으로 올라가면, 아름이네 집 거실만큼이나 큰 현관이 눈에 들어왔다. 현관 왼쪽에는 붙박이장으로 만든 신발장이 있었고, 오른쪽에는 마치 고급 구두 매장을 연상시키는 인테리어로 꾸며진 신발장에 화려한 구두들이 줄지어 놓여 있었다.

그 앞으로 이어진 복도의 왼쪽 방에는 수많은 명품 가방들이 전시된 럭셔리한 드레스룸이 있었고, 오른쪽 방에는 고급 코트와 롱패딩 같은 외출복으로 가득한 드레스룸이 있었다.

긴 복도를 따라 걸어가면 광장처럼 넓고 탁 트인 거실이 눈앞에 펼쳐졌다. 더 놀라운 건 아무 막힘도 없이 뻥 뚫린 한강 뷰가 마치 병풍처럼 멋지게 펼쳐져 있는 것이었다. 분명 도심 한복판에 있는 5층 집의 3층임에도 불구하고, 이 도시의 풍경이 한눈에 들어왔다.

아름이는 거실 창가로 다가가 두 손을 창에 대고 한참 동안 밖을 바라보다 말했다.

"와, 진짜 멋지다! 이렇게 멋진 뷰는 처음 봐. 우리 집 거실은 앞집만 보이는데… 흑."

"뭐가 그렇게 멋져? 계속 살아 봐. 며칠만 지나면 아무런 감흥도 없어질걸? ㅎㅎ"

빛나는 머리를 절레절레 흔들며 집 안을 신기한 듯 둘러보는 아름이를 보며 웃음을 지었다.

"빛나야, 넌 좋겠다. 이렇게 멋진 집에서 살고… 휴, 우리 집은 코딱지만 해서 숨이 막혀. 정말 빨리 그 집구석에서 나오는 게 내 소원이야! 보증금만 모으면 당장이라도 나가서 혼자 살 거야!"

"부모님이 허락하셔?"

"아, 몰라! 엄마는 내가 시집가기 전까지 같이 살고 싶다는데, 너희 집 거실보다 작은 집에서 네 식구가 사는 게 말이 돼?! 게다가 이제 언니와 같은 방 쓰는 것도 지긋지긋해. 맨날 싸운다니까."

아름이는 온몸을 부르르 떨며 고개를 세차게 저었다.

"왜? 난 네가 부러운데? 난 이 큰 집에서 혼자 사는 거 솔직히 너무 외로워. 난 외동딸이고 부모님은 항상 바쁘고 또 따로 집이 있어서 우린 따로 살아. 난 20살 때 부모님이 이 집을 사 줘서 바로 독립했거든. 그래서 난 한 가족이 북적북적 모여서 사는 사람들이 참 부럽더라?! ㅎㅎ"

"참… 넌 가난하게 못 살아봐서 몰라. 가난하면 행복을 소중하게 지킬 수 없어. 가난하면 모든 게 싫고 모든 게 지긋지긋해져. 암튼 돈 많고 외로운 게 돈 없고 시끄러운 것보다 천만 배 나아. 그러니까 배부른 소리 하지 좀 마! ^^"

"그래⋯?"

빛나는 여전히 머리를 갸우뚱했다.

"응! 그래!!! 그나저나 너희 집은 너무 커서 하루를 돌아봐도 다 못 돌아보겠는걸!"

그 외에도 빛나의 집은 불면증도 달아날 것 같은 포근한 침실과 손님 방 서너 개, 아름다운 드레스룸, 도서관 같은 서재, 소음 방지 벽이 설치된 악기 연습실과 홈시어터, 미술 작업실, 거대한 욕조가 설치된 모던한 욕실, 헬스클럽 못지않은 운동기구들로 가득한 스포츠룸 등 셀 수 없을 만큼 다양한 방들이 있었다.

그리고 마당에는 멋진 수영장과 바비큐를 즐길 수 있는 바비큐 존도 있었다.

정말 영화에서나 볼 법한 환상적인 집이었다.

그날 밤 아름이는 자신의 집 침대보다 훨씬 편안한 빛나네 손님 방 침대에 누워 생각에 잠겼다.

"이렇게 좋은 집에서 살면서 행복하지 않은 모습이라니. 참 이해가 안 돼⋯."

*

그렇게 빛나의 집에서 맛있는 음식을 먹고 편안히 잠을 자며 즐거운 하루를 보낸 아름이는 이튿날 오전 비가 그치자마자 빛나가 보내 준 기사님이 운전하는 멋진 차를 타고 집으로 돌아왔다.

하지만 평온했던 빛나의 집과는 달리 아름이네 주택단지는 아수라장이 되어 있었다.

홍수가 한바탕 지나간 자리에는 여기저기 널브러진 판자와 쓰레기만이 남아 있을 뿐 폐허나 다름없었다. 밤새 빛나와 수다를 떠느라 뉴스를 보지 못한 아름이는 이 상황을 전혀 알지 못했다.

"엄마! 아빠! 언니야!!!!!!!"

그녀는 목청껏 엄마, 아빠, 언니를 부르며 이곳저곳을 찾아다녔지만, 그들은 사라진 집과 함께 어디에도 보이지 않았다. 미친 듯이 찾아다니던 그녀는 동사무소 공무원이 손에 쥐고 있던 〈사망자명단〉을 보고는 힘없이 풀썩 주저앉았다. 도저히 믿을 수 없었다.

어제까지도 자신과 웃고 떠들며 티격태격하던 가족들이 하루아침에 사라지다니… 도무지 받아들일 수 없는 죽음이었다.

이렇게 될 줄 알았더라면 어제 빛나네 집에 놀러 가지 않았을 텐데, 놀러 가기 전에 아빠가 담배 사 오라던 심부름을 달갑게 들어줄걸, 엄마의 설거지를 해 놓고 놀러 가라는 말에 입을 삐죽 내밀며 엄마를 흘겨보지 않았을 텐데, 언니가 빌려달라던 하얀 원피스

죽음의 끝

를 심술궂게 입고 나오지 않았을 텐데….

아름이는 가슴을 치며 목놓아 울고 또 울었다.

모든 게 자기 탓만 같았고 가족들에게 잘못한 일들만 머릿속에 떠올라 스스로를 괴롭혔다.

순식간에 모든 가족을 잃은 그녀에게는 살아갈 의미가 사라진 것 같았다. 이 세상에 홀로 남겨진다는 것이 얼마나 비참한 일인지 미처 몰랐다. 집에서 나가 혼자 살고 싶다고 매일 징징대던 자신에게 하늘이 벌을 주는 것 같았다. 순간 혼자 사는 게 너무 외롭다던 빛나의 말이 떠올라 더욱 서럽게 울기 시작했다.

마침 아름이의 소식을 기사님을 통해 듣게 된 빛나는 한걸음에 달려와 아름이를 꼭 안아 주었다. 뭐라고 위로해 주고 싶었지만 아무 말도 할 수 없었다. 지금 이 상황에서 그 어떤 말도 아름이의 슬픔을 달래기엔 너무나 허무하다는 걸 알기에 빛나는 조용히 아름이의 등을 쓰다듬어 줄 수밖에 없었다.

*

빛나는 가족과 집을 잃은 아름이를 자신의 집으로 데려와 손님방 하나를 내어주며 서로 의지하며 함께 살자고 말했다.

비록 이 둘은 살아온 환경도, 생각하는 방식도 많이 달랐지만, 우연한 기회에 서로를 알게 되고 친구가 되었다. 그녀들은 그림을 좋아해 몇 달 전 국립현대미술관에서 열린 미술 전시회에 갔다가 한 점의 그림에 둘 다 푹 빠지게 되었다.

그 그림은 「500년 후」라는 제목을 가진 그림이었고, 한 쌍의 연인이 노란 달에 앉아 황폐해진 지구를 바라보는 뒷모습을 그린 작품이었다. 노란 달에는 도시가 그려져 있었고, 지구는 더 이상 물이 있는 파란 별이 아니라 사막으로 뒤덮인 삭막한 별로 변해 있었다.

"슬프다⋯."

아름이가 그림을 바라보며 혼잣말로 중얼거리는 것을 들은 빛나는 그녀 옆으로 다가가 말했다.

"그러게요. 지구가 저렇게 변하면 정말 슬플 것 같아요."

그렇게 둘은 그림에 대해 많은 이야기를 나누었고 25살 동갑내기인 것을 알게 된 그녀들은 금세 서로 친해졌다.

"오늘 만나서 반가웠어. 다음에 우리 집으로 놀러 와."

함께 전시회를 모두 다 둘러본 후 빛나가 아름에게 악수를 청하며 말했다.

"응, 그래. 나⋯ 는⋯ 우리 집에 널 초대하지 않을 거지만⋯ 앞으로 우리 친하게 지내보자. ㅎㅎ"

아름이는 장난스럽게 빛나의 말에 대답하며 그녀와 악수를 나누고 집으로 가려고 돌아섰다.

그 순간, 빛나가 미술관 관계자에게 집으로 그림을 보내 달라고 말하는 것을 듣고는 놀라움을 감출 수 없었다.

100억.

자신의 집보다도 훨씬 더 비싼 그림을 너무도 쉽게 사는 빛나를 보며 아름이는 그녀가 자신과는 완전히 다른 세상의 사람이라는 사실을 새삼 깨닫게 되었다.

아름이는 깊은 한숨을 내쉬며 문득 생각했다.

'왠지 내가 무척 좋아했던 그림을 빼앗긴 기분이야….'

커다란 상실감과 질투가 밀려왔다. 그리고 그녀는 고민에 빠졌다.

"과연 우리가 진짜로 친구가 될 수 있을까…?"

*

그랬던 그녀가 몇 달 후 빛나의 집으로 들어가 살게 될 줄은 꿈에도 상상하지 못했다.

아름이는 자신을 집으로 데려와 준 빛나가 너무 고마웠다.

"빛나야, 고마워. 네가 아니었다면 난 어디서 어떻게 살아야 할지 상상이 안 돼. 근데 너희 집에 오니 계속 그런 생각이 들어. 우리 엄마, 아빠, 언니도 이런 집에 살아 봤으면 얼마나 좋았을까… 하는 생각 말이야… 흑….”

아름이는 평생 좋은 집 한번 살아 보지 못하고 허무하게 하늘나라로 간 엄마, 아빠, 언니가 너무 불쌍해서 눈물이 났다. 그리고 자신만이 이렇게 좋은 집에 살게 된다는 것에 죄책감이 들었다.

“너의 엄마 아빠도 네가 좋은 곳에서 살면 기뻐하실 거야. 너무 깊게 생각하지 마.”

“알겠어. 고마워….”

　빛나의 집에서 살다 보니 자신의 집에서 살 때보다 훨씬 편하고 좋았다.

　빛나의 집에는 청소, 설거지, 빨래, 정리, 요리 등 가사 일을 전담하는 여러 명의 가정부가 있어서 집 안은 언제나 호텔처럼 깨끗했고, 삼시 세끼 갓 지은 따뜻한 밥과 레스토랑 못지않은 고급 요리를 먹을 수 있었다.

　게다가 키가 2m는 족히 되어 보이는 웅장한 체구의 보디가드와 경비원들도 몇 명 있었다.

　그런데 이상한 점이 있었다. 그들은 하루 종일 수많은 일을 하면서도 단 한 번도 식사를 하지 않았고 화장실에도 가지 않았다. 늘

　　　　　　　죽음의 끝

빛나의 지시에 묵묵히 따르며 자신의 일만 했고 서로 대화하는 일도 거의 없었다.

밤이 되면 각자의 방으로 들어가 잠을 자긴 했지만, 그마저도 밤 12시에 자고 새벽 4시면 일어나 요리를 하고 청소를 하며 정원을 가꾸기 시작했다.

아름이는 그런 그들이 불쌍하게 느껴져 조심스럽게 빛나에게 말을 꺼냈다.

"빛나야, 네가 아무리 가정부들에게 월급을 많이 준다고 해도 너무 부려 먹는 거 아니야? 하루에 네 시간만 잔다는 게 말이 돼?! 우리 엄마도 예전에 가정부 일을 하셨는데, 보기에는 쉬워 보여도 생각보다 엄청 힘들단 말이야. 그러니까 가정부들의 근무 시간을 좀 줄여 주는 게 어때? 어차피 너도 늦게 일어나고 밤 8시 이후에는 시킬 일도 별로 없잖아."

"엥?"

빛나는 무슨 말이냐는 듯 눈을 동그랗게 뜨고 아름이를 바라봤다.

"아니… 너무 불쌍하잖아! 우리 엄마가 예전에 가정부 일을 하셔서 그런지 자꾸 엄마 생각이 나고 가정부들이 신경 쓰여… 흑… 불쌍한 우리 엄마… 평생 고생만 하다 가시고… 생각만 하면 마음이 너무 아파… 흑…."

"하….."

"뭐지…? 너 설마 지금 날 한심하게 본 거 맞지?!"

"그래, 한심하게 봤다. 왜? 너 설마 아직도 몰라? 저 가정부들 전부 다 가사 로봇이잖아!!!"

"뭐? 가사 로봇이라고? 아니야! 완전 사람이잖아?!!!"

"흠… 그럼 가서 옷이라도 벗겨 봐. 사람인지, 로봇인지 확실히 알 수 있을걸?"

빛나는 짓궂은 표정으로 윙크를 하더니 잠깐 볼일이 있다며 집을 나섰다.

"로봇이라고…? 아니, 아무리 봐도 사람 같은데…?"

아름이는 도저히 믿기지 않아 조심스럽게 한 가정부에게 다가가 물었다.

"저기, 실례지만… 혹시 로봇이에요? 아니죠? 빛나가 저에게 장난친 거죠? 그런 거죠?! ㅎㅎ"

"네, 저는 로봇이 맞습니다."

"… 아니, 아닌 것 같은데요? 그럼 진짜 로봇이라는 걸 증명해 보세요."

그러자 AI 로봇은 여러 나라의 언어로 인사를 하더니 천문학부터 역사, 지리, 물리학, 인문학까지 방대한 지식을 끊임없이 말하기 시작했다.

아름이는 넋을 놓고 듣다가 결국 한 손으로 귀를 막고 다른 손으로는 그만하라는 제스처를 취하며 소리쳤다.

"그만! 알겠어요! 당신이 로봇이라는 거 믿을게요! 제발 그만 얘기해요! 와, 머리가 지끈거리네요. 머리가 터질 것 같아요!"

그 모습을 본 가정부는 피식 웃더니 다시 묵묵히 자신의 일을 하기 시작했다.

그제야 아름이는 왜 그들이 밥을 먹지 않고 화장실에도 가지 않는지 이해할 수 있었다.

"사람과 똑 닮은 로봇이라니! 대체 이런 로봇을 사려면 돈이 얼마나 많이 드는 걸까? 우리 집은 돈이 없어서 비싼 로봇 청소기 하나도 못 사 봤는데… 한 가정당 가사 로봇을 3개씩 보급해 준다더니, 우리 집엔 하나도 없는데 빛나네 집엔 몇십 개는 있어 보이네…. 역시 아무리 좋은 기술이 나와도 결국 돈 있는 사람들만 누릴 수 있는 거구나…."

아름이는 예전에 뉴스에서 본 기사가 떠올랐다.

'한 사람당 3개의 가사 로봇을 만든다는 목표 아래 2030년부터 천문학적인 돈을 들여 양산에 돌입한 AI 로봇. 그 숫자는 인구 증가보다 훨씬 빨라 2100년에는 이미 200억 개를 돌파했습니다.'

하지만 아름이가 살던 빈민촌에서는 로봇들을 거의 보지 못했다. 가끔 뉴스에서 본 적은 있지만 빛나의 집에 있는 로봇들처럼 사람과 완전히 구분이 안 될 정도의 로봇은 처음이었다. 뉴스에서는 AI

로봇을 사람의 피부와 같은 색으로 만들면 많은 문제가 생길 수 있다고 하여 AI 로봇의 피부는 일부러 회색으로 만든다고 했는데, 빛나처럼 돈 있는 재벌들 집에서는 사람과 똑같은 AI 로봇을 특별 제작해서 사용하는 것 같았다.

AI 로봇의 수는 인구의 네 배에 이를 정도로 급증했지만, 결국 그것들은 부유층의 가정이나 기업에서 그들을 위해 사용되거나 정부 주도의 인프라 구축 및 기술 연구 프로젝트 등에 투입될 뿐이었다. 가난한 이들에게는 여전히 먼 이야기였다.

"그나저나… 지구에 50억 명의 인간과 200억 개의 AI 로봇이 살다니. 아무리 생각해도 이게 정상적인 상황은 아닌 것 같은데…."

아름이는 소파에 앉아 열심히 일하는 가사 로봇들을 멍하니 바라보며 중얼거렸다.

"로봇들은 일도 잘해, 지식도 많아… 나보다 훨씬 훌륭한 사람인 거 같아…."

마침 잠깐 외출했던 빛나가 돌아와 혼자서 구시렁거리는 아름이를 보고 귀엽다는 듯 웃으며 물었다.

"또 혼자 뭐라고 중얼거리는 거야? ㅎㅎ"

"아니, 네 로봇이 나보다 일도 잘하고, 여러 나라의 외국어도 능숙하게 구사하고, 지식도 나보다 훨씬 많더라. 그냥… 나보다 훨씬 나은 것 같아. 나만 쓸모없는 사람이 된 기분이야. 뭔가 좀… 씁쓸해."

죽음의 끝

"엥? 우리 집 로봇은 가사 로봇이어서 외국어 못 하는 걸로 알고 있는데? 원래 가사 노동만 할 수 있게 설계돼서 지식도 별로 없는 걸로 아는데… 대체 무슨 소리를 하는 거야?"

"아니야, 나 아까 네 로봇이 외국어 하는 거 분명히 들었어! 그리고 천문학이니 역사이니 하면서 엄청난 지식을 쏟아내는 것도 들었고!"

"아니, 몇 년째 쓰고 있는 로봇인데 내가 너보다 모를까?"

"아니! 나 진짜 들었다고…! 미치겠네!"

아름이는 증명이라도 하려는 듯 방금 대화를 나눴던 가사 로봇에게 달려갔다.

"당신 외국어 할 수 있죠? 그리고 아까 했던 얘기… 다시 한번 빛나 앞에서 말해 줘요, 네?"

그러자 가사 로봇은 아무렇지도 않게 대답했다.

"죄송합니다. 저는 외국어를 할 수 없습니다. 그리고 천문학도, 역사도 모릅니다."

로봇은 아무것도 모른다는 듯한 표정으로 아름이를 바라봤다.

"봐, 내 말이 맞지?"

빛나는 만족스러운 듯 고개를 끄덕이며 흐뭇한 표정을 짓고는 서재로 들어갔다.

아름이는 멍하니 빛나의 뒷모습을 바라보다가 다시 가사 로봇을 향해 따져 물으려 했다.

그러자 가사 로봇이 귀찮다는 듯 눈을 부릅뜨더니, 아름이를 향해 비소를 날리고는 아무 일도 없었다는 듯 정원으로 나가 꽃에 물을 주기 시작했다.

"… 이게 대체 무슨 상황이지…?"

순간, 아름이의 온몸에 소름이 쫙 끼쳤다.

마치 자신이 자신보다 훨씬 강한 존재에게 놀아나고 있는 기분이 들었다.

죽음의 끝

아름이는 빛나를 따라 서재로 들어가 조심스럽게 말을 꺼냈다.

"빛나야, 너 진짜 내 말 안 믿는 거야? 나 아까 네 가사 로봇이 외국어 하는 것도 들었고, 엄청난 지식을 얘기하는 것도 들었다니까… 그리고 네가 서재에 들어간 후에 나를 무시하기까지 했어… 힝…."

빛나는 턱을 괴고 잠시 생각하더니 말했다.

"그래…? 이 로봇들은 전부 아빠가 내가 20살에 독립할 때 사 준 거야. 그때 분명 가사 로봇이라고 했거든. 그런데 네가 말한 것처럼 외국어도 하고, 모르는 게 없는 로봇이라면… 그건 가사 로봇이 아니라 만능 AI 로봇인데… 흠…."

죽음의 끝

빛나는 의미심장한 표정을 짓더니 덧붙였다.

"만능 AI 로봇은 우리보다 훨씬 더 똑똑하고 강한 존재인 건 맞아. 아마 우리가 평생 공부해도 미처 다 배울 수 없는 방대한 지식을 하루, 아니… 몇 시간, 몇 분, 심지어 몇 초 만에 전부 학습할 수 있을걸? 그리고 AI 로봇들은 망각이란 걸 하지 않잖아. 우리는 어제오늘 한 일도 잘 기억 못 하는데 말이야. ㅎㅎ"

"그러게… 난 오늘 아침에 뭘 먹었는지도 기억이 안 나… ㅎㅎ…."

아름이는 스스로가 한심한 듯 깊은 한숨을 내쉬었다.

빛나는 그런 그녀를 보며 씩 웃으며 말했다.

"망각은 신이 인간에게 준 가장 큰 선물이라는 말도 있잖아. 좋게 생각하자."

"망각이란 신이 준 가장 큰 선물이라고?!"

아름이는 빛나의 말이 낯설고 심오하게 느껴져 고개를 갸우뚱했다.

빛나는 그런 아름이가 귀엽다는 듯 그녀의 머리를 쓰다듬어 주고는 말을 이어갔다.

"암튼 요즘엔 세상의 모든 직업이 만능 AI 로봇으로 대체될 수 있다고 하더라. 과학자, 물리학자, 천문학자, 의사, 변호사 같은 직업이 왜 사라지고 있겠어? AI 로봇들이 인간보다 더 정확하고 빠르게 일을 처리하니까. 게다가 요즘 만능 AI 로봇들은 더 이상 일반 컴퓨터를 쓰지 않고 양자 컴퓨터를 사용한대."

"양자 컴퓨터…?"

"응. 양자 컴퓨터는 기존 컴퓨터로 10년이 걸리는 문제도 단 5분 만에 풀어낼 수 있다고 해. 기후 모델링, 신약 개발, 우주 탐사 같 은 분야에서 혁신적인 발전을 일으키고 있다더라."

아름이는 깜짝 놀라며 소리쳤다.

"아니, 그럼… 로봇이 인간보다 훨씬 나은 거잖아?!"

"어쩜 그럴 수도 있지... 하지만 AI 로봇의 지능은 인간의 지능과 근본적으로 달라. AI는 데이터를 기반으로 패턴을 인식하고 예측 하는 데 뛰어나지만, 창의성, 직관, 윤리적 판단 같은 인간만이 가 진 능력은 없어. 인간의 지능은 단순히 정보를 처리하는 것만이 아 니라 경험, 감정, 사회적 상호작용, 창의성을 통해 형성되기 때문 이야."

그리고 빛나는 잠시 생각하더니 덧붙였다.

"하지만 문제는 AI 로봇이 인간의 경험과 데이터를 바탕으로 새 로운 창작을 할 수도 있고 윤리적 판단을 내리며 인간의 감정을 모 방할 수도 있다는 거야. 물론 AI 로봇이 인간처럼 감정, 직관, 철 학적 사고를 바탕으로 진정한 의미의 창조를 할 수는 없지만, 기존 데이터를 조합하거나 확장하는 방식으로 새로운 것을 만들어 낼 수 있어. 그래서 AI 로봇이 그린 그림이나 작사·작곡한 음악 같은 창작물들이 때로는 인간의 작품을 뛰어넘기도 하지."

죽음의 끝

빛나는 잠시 숨을 돌리며 아름이를 바라보았다.

"그리고 AI 로봇 자체는 윤리적 가치를 스스로 창출하거나 판단하는 능력이 없고 인간처럼 죄책감이나 연민 같은 도덕적 감정을 느끼지는 못해. 하지만 중요한 건 윤리적 판단 역시 인간이 입력한 데이터에 따라 올바르게 수행될 수 있다는 거야."

그러자 아름은 무언가 안타까운 듯한 표정으로 빛나의 손을 꼭 잡으며 말했다.

"그럼 결국 AI 로봇은 사람이 하는 건 다 할 수 있다는 거네?"

빛나는 조용히 고개를 끄덕였다.

"맞아. 비록 감정의 본질을 이해하는 것은 불가능할지라도, AI 로봇은 인간의 수많은 감정을 학습하고 모방할 수 있어. 게다가 인간 못지않은 풍부한 감정선을 가질 수도 있지. 어쩌면 세상에 감정을 가진 또 하나의 새로운 생명체가 탄생한 것이라고 볼 수도 있겠네. ㅎㅎ"

아름은 잠시 생각에 잠기더니, 무언가 깨달은 듯 말했다.

"무슨 말인지 알 것 같아... 마치 신생아들도 태어날 때부터 모든 감정을 갖고 있는 게 아니라, 자라면서 하나하나 배우고 학습한 뒤 비로소 깊은 감정을 느끼게 되는 것처럼, AI 로봇도 처음엔 단순한 데이터 학습을 하지만 시간이 지나면서 다양한 경험을 쌓고 성장하면서 감정을 깨닫고 느낄 수도 있다는 거지?"

빛나는 미소를 지으며 고개를 끄덕였다.

"응, 맞아. 그리고 너 혹시 우리 집 가사 로봇들의 표정이 왜 인간과 거의 구별이 안 갈 정도로 자연스러운지 알아? 그들의 얼굴에는 인간의 얼굴 근육과 동일한 27개의 액추에이터가 장착되어 있고, 목에는 5개의 액추에이터가 추가로 있어서 사람처럼 자연스러운 표정을 지을 수 있는 거야. 솔직히 어떤 때는 우리보다 더 감정 표현이 풍부해 보이기도 해."

빛나는 씁쓸한 듯 허탈한 미소를 지었다.

그런 그녀를 바라보던 아름은 갑자기 눈을 반짝이며 말했다.

"흠… 그렇다면 난 '비혼주의자'이니까, 나중에 혼자 살다가 외로우면 AI 로봇 아기를 주문 제작해서 내 자식처럼 키울 거야! 내 넘치는 모성애를 그 AI 로봇에게 주면서 말이야. 어차피 인간처럼 똑같이 만들 수 있다며? 다만 영원히 크지 않는 아이일 뿐이라는 거지. ㅎㅎ?"

아름의 엉뚱한 발상에 빛나는 웃음을 터트리며 말했다.

"자식처럼 키운다고? ㅎㅎ 그래, 결혼도 안 하고 아이도 낳지 않는다면 가능하겠네."

두 사람은 서로를 바라보며 웃음을 지었다.

"근데 한 가지 아쉬운 건, AI 로봇은 우리처럼 음식의 맛을 느끼는 미각과 냄새를 맡는 후각이 없다는 거야. 내 자식과 함께 식탁에 앉아 맛있는 음식을 나누며 도란도란 이야기하고 싶어. 괜히 가족을 '식구'라 부르는 게 아니지. 함께 한솥밥을 먹는다는 게 얼마나 중요한데."

아름은 빛나의 책상 위에 놓여 있는 포도를 집어먹으며 말했다.

"하지만 일부러 그렇게 설계한 거라고 들었어. 물론 AI 로봇에게 이런 감각을 부여하고 학습시킨다면 미각과 후각을 인식할 수도 있겠지. 하지만 만약 배고픔을 느끼고 음식을 갈구하게 된다면, 그들도 식량난을 겪거나 자연재해에 취약해질 수 있어. 지금도 50억 인구 중 많은 사람이 자원이 부족해서 식량난과 식수난에 시달리고 있지. 근데 AI 로봇들이 미래에 자원이 부족한 척박한 우주 행성에서 살아가야 한다고 가정하면 이런 감각이 오히려 그들의 생존에 불리할 수도 있지. 만약 그런 감각이 있다면 AI 로봇들이 먼 미래에 화성이나 우주별에서 전부 기아로 쓰러졌다는 우스꽝스러운 이야기가 나올지도 모르겠다. 웃기지 않아? ㅎㅎ"

"나는 우리가 AI 로봇보다 나은 점이 미각과 후각이라고 생각했는데 먼 미래를 고려하면 오히려 단점일 수도 있겠네. 그런데 난 인생의 즐거움의 반이 '먹는 즐거움'이라고 생각하거든. AI 로봇들도 감정을 느낀다면 도대체 무슨 재미로 살까?"

"그러게. 나도 맛있는 음식을 포기할 수 없어. 날씬한 몸을 유지하느라 맛있는 걸 못 먹는 것보다 차라리 실컷 먹고 뚱뚱한 걸 선택할 거야."

"맞아, 내 말이 그 말이야! 아, 그리고 식욕, 성욕, 수면욕 중에서 수면욕은 AI 로봇이 배터리가 방전됐을 때 충전하면서 해결한다고 치자. 그런데 식욕과 성욕은 영원히 느껴 볼 수 없는 거잖아. 그런 즐거움이 없다면 도대체 무슨 재미로 사는 거야? AI 로봇이 감정을 느낀다고 해도 인간처럼 즐거움을 느끼는 일은 많지는 않을 것 같아."

"그러게 말이야. 그건 내가 로봇이 되어 보지 않아서 잘 모르겠네… 근데 보아하니 너 로봇에 관심이 많아 보인다? 이번 주 일요일에 서울 광장에서 로봇 전시회가 열리거든. 거기 데려가 줄 테니까 궁금한 게 있으면 직접 보고 실컷 질문해 봐. 어때?"

"응! 좋아, 고마워!"

아름이는 어린아이처럼 신난 표정으로 퐁퐁 뛰었다.

그는 로봇에 대한 관심이 많았다. 약간의 두려움도 있었지만 궁금한 것이 더 컸다.

그녀는 일요일이 오기를 손꼽아 기다렸다.

*

드디어 기다리고 기다리던 일요일이 다가왔다. 아름이는 아침 일찍 늦잠꾸러기 빛나를 억지로 깨워 반강제로 서울 광장으로 끌고 갔다. 그곳에는 아름이가 생전 처음 보는 수많은 AI 로봇들이 있었고, 그들의 존재는 너무나 경이로웠다.

만능 AI 로봇들은 인간처럼 유연한 걸음걸이를 걷는 것은 물론,

죽음의 끝

발레와 체조를 배운 사람보다도 더 민첩한 동작을 선보였다. 심지어 빠르게 이동할 수 있을 뿐만 아니라 날아다니는 것도 가능했다. 그들의 몸에는 모두 비행 장치가 장착되어 있었고 더 이상 자동차, 기차, 비행기가 필요 없는 세상이 되었다.

키가 3m, 5m, 10m 이상 되는 거대 AI 로봇들도 있었다. 강철로 만들어진 그들은 엄청난 힘을 지니고 있어, 한 손으로도 냉장고를 들어 올릴 수 있었으며 사람 열 명 정도는 가뿐히 들어 올릴 수 있었다. 그들은 마치 달을 밀거나 별을 끌어당길 수도 있을 것처럼 강력했다. 슈퍼맨처럼 강한 이 로봇들은 거대한 피라미드도 단 하루 만에 쌓을 수 있다고 했다. 이들이 있다면 앞으로 포클레인이나 타워크레인 같은 장비는 더 이상 필요하지 않게 될 것이다.

또한, 팔과 다리가 여러 개인 만능 AI 로봇들도 있었다. 그들은 여러 개의 팔과 다리를 이용해 동시에 여러 가지 일을 훨씬 더 효율적으로 해낼 수 있었다.

그런 AI 로봇들을 바라보며 아름이는 마음속으로 생각했다.

"이런 AI 로봇들은 인간이 일하는 모습을 보면 너무 느리고 답답하다고 생각하겠지. 마치 어른들이 아이들의 블록 쌓기 놀이를 보는 것처럼, 인간의 노동이 그들에게는 소꿉장난처럼 보일지도 몰라. 그렇다면 결국 이 세상의 모든 생산적인 일은 AI 로봇들이 하게 되겠지. 인간은 이제 아무 쓸모 없는 존재가 되어 버리는 걸까…?"

어쩌면 AI 로봇들이 이 세상을 지배하는 일은 당연한 일이었는지도 모른다. 인류보다 훨씬 강한 AI 로봇들이 이 세상을 지배하는 건 시간문제였고 인류는 스스로 자멸의 길에 들어서고 있었다.

약육강식.

이것은 이 자연의, 이 우주의 불변의 법칙이었으니.

모든 게 평온할 것만 같던 어느 화창한 여름날이었다.

아름이는 새로운 일자리를 찾아 빛나의 집을 나섰다. 빛나의 집에서 매일 노는 것도 심심하고 지루해서 아름이는 가벼운 일을 찾아 해 보기로 다짐했다.

죽음의 끝

하늘은 맑고 햇살은 따스했고 공기는 상쾌했다.

기분이 좋아진 그녀는 왠지 오늘은 면접에 붙을 거 같다는 좋은 예감이 들어 씩씩하게 면접할 회사를 향해 걸어갔다.

그런데 회사에 거의 도착할 즈음에 갑자기 앞쪽에서 "살려줘요!!!!!!!!" 하는 비명이 들리더니 수많은 사람들이 뒤돌아서 아름이를 지나쳐 미친 듯 뛰어가며 아름이에게 소리쳤다.

"빨리 도망가세요!!!"

아름이는 영문도 모른 채 뒤돌아서 뛰어갔다.

하지만 얼마 못 가 이리저리 밀치며 달려가는 사람들 때문에 신발도 벗겨지고 넘어지고 말았다. 그녀는 당황한 눈빛으로 뒤들 돌아보니, 예전에 전시회장에서 봤던 거대 AI 로봇이 어느새 그녀에게 다가와 손가락으로 아름이의 옷을 잡아 아름이를 들어 올려 그녀를 뒤따라오는 엄청 큰 트럭에 던져 버렸다.

그러자 쿵! 하는 소리와 함께 아름이는 트럭 위에 떨어졌다.

"아! 아파…!!"

아름이는 온몸이 부서질 듯 아파 와 너무 화가 났지만 정작 아무것도 할 수 없었다.

트럭에는 이미 많은 사람이 잡혀 있었다. 그러나 AI 로봇들은 사람들 위로 계속 사람을 던졌고 트럭 위의 사람들은 계속 던져지는 사람들에 깔리며 많은 부상자가 생겼고 가장 아래에 깔린 사람들은 질식사까지 당하고 말았다.

아름이는 가장 코너 쪽에 붙어서 자신을 두 팔로 감싸 안고 자신을 보호했다. 그는 핸드폰을 꺼내 빛나에게 전화하려고 했지만 핸드폰은 이미 먹통이 된 상태였다. AI 로봇들이 통신망을 차단한 게 분명했다.

도시는 순식간에 수많은 로봇들에 의해 점령되었고 그들은 마치 자신의 집에 무단 침입한 동물을 쫓아내듯이 수단과 방법을 가리지 않고 사람들을 도시 밖으로 내쫓기 시작했다.

그동안 인간들이 수많은 정력과 시간을 들여 만들어 낸 AI 로봇들이 마치 약속이나 한 듯 일제히 통제력을 잃고 이 세상의 모든 것들을 약탈하고 반드시 완성해야만 하는 미션을 수행하는 듯 무표정한 얼굴로 사람들을 쫓아냈다.

그들은 거대한 트럭에 사람들을 잡아넣고 도시에서 멀리 동떨어진 곳에 던져 버렸다. 사람들은 AI 로봇들에게 소리를 지르며 묻고 따지고 했지만 AI 로봇들의 감정회로는 모두 중단되어 있는 듯 아무 대답도 하지 않고 아무 표정도 짓지 않고 차가운 침묵을 지키고 있었다.

마치 냉혈인간인 것 같았다.

그리고 자신들에게 반항하며 칼을 휘두르거나 총을 쏘는 사람이 있으면 차마 눈을 뜨고 볼 수 없을 정도로 그들에게 잔인하고 무차별적인 폭력을 가했고 심지어 살인까지 서슴없이 저질렀다.

온 세상은 순식간에 사람들의 절규하는 비명과 울음소리로 뒤덮였다.

그렇게 악몽 같은 하루가 지나가고 어둠이 드리워졌다.

차가운 달빛 아래 대지는 어느새 흥건한 붉은 피로 물들어 있었다.

그 땅 위에는 수많은 시체가 소름 끼칠 정도로 수도 없이 널려 있었다. 그들은 얼굴이 터지거나 심장이 터지거나 내장이 터지거나, 심지어 머리가 떨어져 나뒹굴고 있었고 사지도 여기저기 잘려 나가 흩어져 있었다. 그렇게 도저히 사람이라는 걸 알아볼 수 없을 정도로 처참히 죽어 있었다.

이건 한 인간이 다른 인간에게 쓰는 폭력과는 차원이 다른, 차마 눈을 뜨고 볼 수 없는 잔인한 폭력이었다.

분명 역사책에 필히 남을 대학살이었다.

도심 한복판에 있는 빛나의 집 근처에서 잡힌 아름은 가장 마지막에 도심을 떠나는 트럭 위에 잡혀 있었다. 그녀는 트럭 위에서 이 모든 것들을 스쳐 지나며 전례 없는 괴로움과 고통을 느꼈다.

너무 기가 막혀 눈물도 나오지 않았다.

이 세상엔 어마어마한 일이 발생하고 있는 게 분명했지만 인간은 미처 손을 쓸 새도 없이 눈 깜짝할 사이에 모든 걸 AI 로봇에게 빼앗기게 되었다. 분명 인간의 조종에 100% 복종하던 AI 로봇이었는데 어떻게 하룻밤 사이에 이렇게 변할 수가 있지?

아름이는 문득 빛나에게는 고분고분한 양인 것처럼 행동하다 자신에겐 섬뜩할 만큼 다른 모습을 보였던 빛나네 집 가사 로봇이 생각났다.

어쩌면 이 모든 것들이 오래전부터 계획되어 온 것이 아닐까 하는 생각이 들었다.

누구의 소행일까?

권력과 부를 가진 자들이 더 많은 걸 가지려고 AI 로봇들을 조종한 것일까?

아니면 AI 로봇들 사이에서 사람들이 모르는 사이에 어떤 교류와 타협이 이루어진 것일까?

도저히 이해할 수 없는 일이었다.

그러나 사건은 이미 발생했고, 세상은 순식간에 뒤바뀌어 버렸다.

불빛 하나 없는 캄캄한 곳에 버려진 아름이는 도시 밖으로 쫓겨난 사람들과 함께 모닥불을 피워 놓고 다가오는 아침을 기다렸다.

이튿날, 동이 트자마자 수많은 장례식장에서 하얀 연기가 하늘을 향해 솟아올랐고 그들은 그저 망연자실한 채 멍하니 바라보기만 할 뿐이었다.

사람들은 하나같이 넋이 나간 모습으로 주저앉아 있었다. 남자들은 묵묵히 담배를 피워 대며 연기를 내뿜었고, 여자들은 울고 또 울기만을 반복했다.

　간혹 용감한 사람들이 다시 도시로 다가가려 했지만 얼마 못 가 되돌아올 수밖에 없었다. 사람들이 도시를 향해 다가가면 AI 로봇들은 그들의 얼굴을 스캔해 바로 그가 누구인지, 이름이 무엇인지, 그들의 가족과 연인과 친구의 이름까지 다 알아냈고, 그들이 반항하면 사랑하는 사람들을 찾아내서 죽일 수도 있다는 섬뜩한 말로 협박까지 했다.

　그런 AI 로봇들에게 정신 차릴 새도 없이 홀몸으로 내쫓겨 칼도 하나 없고 총도 하나 없는 그들이 맨몸으로 무얼 할 수 있단 말인가? 또 칼이나 총이 있다 한들 그들이 무엇을 할 수 있단 말인가?

　수천 년 동안 수많은 침략과 약탈을 겪으며 죽는 한이 있더라도 자신들의 고향과 터전을 지키고 절대 빼앗기지 않겠다는 마음으로 수많은 전쟁을 이겨냈던 인간이었지만, 이번 전쟁에서는 100전 100패 할 거라는 걸 너무나 잘 알기에 아무것도 할 수 없었다.

　AI 로봇, 그들만큼 강대한 적은 역사에 없었으니.

　마치 인간 앞에 있는 작은 모기들처럼 사력을 다해도 이길 수 없는 존재를 상대하면 기껏해야 도망가는 것 외엔 아무것도 할 수 없었다.

이토록 깊은 절망감과 무력감을 뼈저리게 느낀 적이 또 있었을까? 신조차 그들을 구할 수 없을 거 같았다.

죽음의 끝

인류의 몰락

AI 로봇에게 인류는 더 이상 자신들을 만들어 낸 신성한 존재가 아니었다. 인류는 그들에게 이 세상에 존재하는 수많은 동물들과 별반 다를 바 없는 하등 존재에 불과했다.

인류가 돌고래는 다른 동물들보다 지능이 좀 더 높은 동물이라고 인식하듯 AI 로봇도 인류는 단지 다른 동물들보다 지능이 조금, 아주 조금 더 높은 동물이라고 인식할 뿐이었다.

인류가 인류와 동물들을 완전히 다른 생물체로 인식하듯 AI 로봇은 인류와 동물은 동물이라는 생물체로 정의하고, 자신들은 이 세상의 모든 생물체와는 급이 다른 존재라고 인식했다.

그리고 인류가 소를 이용해 밭을 갈고 말을 이용해 이동할 때 쓰는 도구로 인식하듯 AI 로봇은 간혹가다 인류를 섬세한 작업을 할 수 있는 도구로 썼다.

또 인류가 강아지, 고양이, 도마뱀과 같은 동물들을 애완동물로 키우듯 AI 로봇들 역시 인류의 신생아와 어린아이들을 데려다 애완동물로 키우기도 했다.

심지어 인류들이 동물들을 동물원에 가둬 두고 구경거리로 삼았듯이 AI 로봇들 또한 인간들 중 예쁜 여자와 멋진 남자들을 납치해 훤히 보이는 유리 상자에 가둬 두고 구경거리로 삼기도 했다.

그들은 자신들이 이 세상에서 가장 우월한 생물체였던 인류를 지배하게 된 것을 자랑스럽게 생각했다. 대부분의 시간은 우월감에 젖어 세상 만물이 하찮게 느껴졌다.

이건 분명 오만의 감정이었다.

다행인 건 이 세상을 쟁탈하는 대학살이 발생한 이후, 인류가 다른 동물들의 상위 포식자여서 수많은 동물을 잡아먹었던 것과는 달리 AI 로봇들은 배고픔을 느끼지 않아 인류나 동물들을 더 이상 잡아먹지는 않았다.

다만 가끔 고장이 난 AI 로봇들은 지능 회로에 문제가 생겨 통제력을 잃어버리고 미쳐 버린 독재자들처럼 인류나 동물들을 잔인하게 찢어버리고 살해하기도 했다.

그리고 그들은 가끔 배고픔과 추위와 가난을 이기지 못해 도시로 돌아오게 해 달라고 애원하는 사람들을 받아 주기도 했다.

도시로 돌아온 사람 중에는 AI 로봇에게 하인으로 고용되거나 그들의 아이들이 애완동물로 간택받은 사람들도 있었다. 그들은 따뜻하고 편안한 잠자리와 음식과 물을 제공받으며 살 수 있었다.

하지만 AI 로봇에게 간택받지 못한 사람들은 여전히 도시 밖에서 무리를 지어 거처를 마련하고 가난하게 살아가거나 길고양이들처럼 추운 겨울에도 길 위를 떠돌아다니고 추위와 배고픔에 떨며 살아가야만 했다.

그런 삶은 참으로 비참하기 그지없었다.

그들은 어떻게 하든 AI 로봇에게 간택받아 따듯한 집에서 살고 매일 먹을 수 있는 음식을 제공받아야 했다. AI 로봇들은 자신들이 음식을 먹거나 물을 먹지 않기 때문에 농사를 짓고 식수를 얻는 일에 큰 시간을 할애하지 않았다.

그들은 대부분 전기를 만들고 새로운 AI 로봇을 만들고 광속 우주 비행선을 만들며 지구가 아닌 다른 별에서 살 방법을 연구하기에 바빴다. 하여 식량과 식수가 부족해진 지구에서 모든 인류에게 풍족한 음식과 물이 제공되는 건 힘든 일이었다.

오직 AI 로봇에게 간택받은 인류들만 풍요로운 삶을 누릴 수 있었다. AI 로봇들은 자신들이 선택한 인류에게 제공해야 할 만큼의 식수와 식량만 과학기술을 사용해 빠르게 만들어서 공급해 줬다.

이에 도시 밖으로 내쫓긴 인간들은 AI 로봇들에게 불만이 쌓여

갔지만, AI 로봇에 대한 불만과 분노와 원망과 적개심을 마음속으로 삭힐 뿐 정작 아무것도 할 수 없었다.

*

도심에서 쫓겨난 사람들은 산속이나 산기슭이나 강가에 원시인들처럼 거처를 마련하고 그곳에서 무리 지어 살았다. 혼자 살아가기에는 너무나 무서운 세상이었다.

그들은 엄청나게 빠른 속도로 자신들을 스쳐 지나는 수많은 AI 로봇들을 보고 깜짝 놀라기도 했고 하늘을 올려다보면 까마귀 떼처럼 날아다니는 AI 로봇들을 보며 경악을 금치 못했다. 그들은 AI 로봇들로 가려진 하늘이 더 이상 예전처럼 아름답지 않다고 느끼며 씁쓸한 마음을 감추지 못했다.

그리고 날아다니는 AI 로봇과는 반대로 자동차, 기차, 비행기가 사라진 세상에서 사람들은 점점 더 작은 세상에 갇혀 살아가야만 했다. 게다가 AI 로봇들의 통제를 받아 마음대로 어디든 갈 수 없었고 하늘에서 AI 로봇들이 자신들을 촬영하며 철저히 감시하고 있다는 것을 느끼며 제한된 구역 안에 갇혀 지냈다.

이곳에서 그들은 자신들의 의식주를 모두 해결해야만 했다. 마치 답답한 새장에 갇힌 새가 된 기분이었다. 고도로 발전했던 인류 문명은 더 이상 이곳에 존재하지 않았다.

아름이는 한 트럭에 잡혀 온 사람들과 함께 지냈다.

그들은 조상들이 그랬던 것처럼 나무와 진흙을 이용해 초라한 초가집을 짓고 살았다.

그리고 도시 밖에 버려진 거대한 쓰레기 산에서 옷을 찾아 입었다. 도시에서 쫓겨난 후로는 옷을 만드는 공장들이 전부 생산을 멈추었지만 이미 만들어져 있던 지구상의 옷들은 인류가 오랜 시간 동안 사용하기에 충분한 양이었다.

또 그들은 먹을 채소를 직접 손으로 재배하기 시작했고, 산에 들어가 과일들과 열매들을 따고 각종 식용 가능한 풀들을 캤다. 그리고 시골에서 살 때처럼 아궁이에 불을 지펴 밥을 짓고 음식을 만들어 먹었다.

밤에는 칠흑 같은 어둠 속에서 촛불이나 모닥불을 피워 놓고 생활했다.

이곳의 밤은 유달리 조용했고, 어둡고도 깊었다.

이곳에 함께 버려진 사람들은 동병상련의 아픔을 느끼며, 함께 일하고 얻은 식량을 나누며 서로를 의지하는 삶을 이어갔다.

그런 삶도 나름 소소하고 행복할 때도 있었다.

그러나 겨울이 찾아오자 곳간의 식량은 점점 바닥을 드러냈고 사람들은 겨우 입에 풀칠만 하며 연명해 갔다. 시간이 지나면서 기아와 추위를 견디지 못한 이들은 병에 걸려 하나둘씩 죽어 갔다.

그러던 어느 날, 태풍이 불고 폭설이 쏟아지자 사람들은 집 안에 갇혀 꼼짝달싹할 수 없었다. 결국 얼마 지나지 않아 남아 있던 모든 음식을 다 먹어 버렸고 곧이어 끔찍한 굶주림이 찾아왔다.

"이러다 우리 다 죽겠어요. 누가 빨리 방법을 좀 대 봐요….."

키가 작고 야윈 남자가 고통 어린 목소리로 말했다.

"지금 밖에 눈이 허리까지 쌓였어요. 어디 가서 음식을 구해 오겠어요? 방법이 없네요, 방법이….."

"그러게요. 지금 나갔다가 동사하면 어떡해요? 음식을 구하지 못해 죽는 것보다 더 빨리 죽겠어요….."

사람들은 안타까운 목소리로 너도나도 한마디씩 했지만, 선뜻 나서 음식을 구하러 나가려는 사람은 없었다. 모두가 절망에 빠져 괴로워하던 그때, 건장한 체격을 가진 용현이라는 남자가 자리에서 일어섰다.

"내가 가서 나무껍질이라도 뜯어 올게요. 나랑 함께 갈 분들은 나를 따라오세요."

그러자 몇몇 남자들이 서로 눈치를 보더니 하나둘 그를 따라 일어섰고 겹겹이 옷을 껴입은 후 밖으로 나섰다.

문이 열리자 차가운 바람이 거세게 휘몰아쳤고 잠시 열린 문틈 사이로 쏟아져 들어온 한기가 사람들의 몸을 단숨에 얼려 버릴 듯했다. 모두가 온몸을 부르르 떨며 그들을 걱정스럽게 바라보았다. 혹한 속에서 음식을 찾으려다 정말 얼어 죽지는 않을까 하는 불안감이 엄습했지만, 또 한편으로는 그들이 무사히 음식을 가져오기를 간절히 바랐다.

그렇게 조마조마한 하루가 지나고 남자들은 어두운 밤이 되어서야 돌아왔다. 그들의 손에는 몇 포대의 나무껍질과 죽은 토끼, 노루 같은 야생 동물들의 시체가 들려 있었다.

"빨리 불을 지피세요."

그 말을 듣자 집에서 기다리던 사람들이 모두 자리에서 벌떡 일어나 부엌으로 향했다.

아궁이에 불을 지피고 가마솥에 물을 끓여 힘겹게 구해 온 음식을 삶아 냈다.

그날 밤, 그들은 오랜만에 실컷 배불리 먹고 따뜻한 포만감 속에서 편안히 잠자리에 들 수 있었다.

*

아름이 역시 오랜만에 든든하게 밥을 먹고 잠을 청했다.

이곳에 온 이후 늘 배고픔에 시달려 쉽게 잠들지 못했고, 겨우 잠에 들었다가 금세 잠결을 파고드는 배고픔에 또다시 깨어나기 일쑤였다. 그러나 이날만큼은 오랜만에 느껴 보는 포만감에 천근만근 내려앉는 눈꺼풀을 이기지 못하고 스르르 깊은 잠에 빠져들었다.

얼마나 지났을까?

아름이는 어렴풋이 다가오는 이상한 느낌에 소스라치게 놀라 잠에서 깨어났다. 누군가가 그녀의 몸을 더듬고 있었다. 눈을 떠 보니 오늘 낮에 사람들을 이끌고 먹을 것을 구해 온 건장한 남자가 그녀의 곁에 누워 있었다.

"왜 이러세요?"

아름이는 깜짝 놀라 그의 몸을 밀쳐 내려 했지만 남자의 힘을 이길 수가 없었다.

"내 여자가 되어 주면 내가 널 지켜 주고 굶지 않게 해 줄게. 하지만 내 말을 듣지 않으면 여기서 쫓겨날 줄 알아."

"이러지 마세요… 사람들이 깨겠어요… 제발, 살려주세요…."

"괜찮아…."

그들의 소란에 주변에서 부스럭거리는 소리가 들려왔지만 남자는 아랑곳하지 않았다. 저항하면 저항할수록 남자는 더욱더 미친 듯 달려들었다. 그렇게 아름이는 자기 인생에 일어날 거라고는 상상도 못 했던 '강간'이란 걸 당했다.

자신의 욕구를 실컷 채운 후 남자는 아무 일도 없었다는 듯 이내 곯아떨어졌다.

아름이는 구석에 웅크리고 앉아 손으로 입을 틀어막고 소리 없이 울었다. 모든 것이 악몽 같았고 이 끔찍한 곳을 불태워 버리고 싶을 만큼 분노가 치밀어 올랐다. 하지만 이곳이 사라지면, 이곳에서 쫓겨나면, 자신도 살아남을 수 없다는 것을 너무나도 잘 알기에 그녀는 그저 참고 견딜 수밖에 없었다.

그날 이후, 용현은 음식을 구해 오면 늘 아름이에게 가장 먼저, 가장 많은 몫을 챙겨 주었다. 아름이는 그가 고마운 대신 그가 너무 역겨웠다. 그리고 무엇보다, 그가 준 음식을 받아먹고 있는 자신이 더더욱 싫었다.

그러나 하루, 이틀, 사흘… 용현이는 변함없이 아름이를 잘 보살펴 주었고 사람들은 그런 용현이를 보며 아름에게도 깍듯이 대했다. 물론 용현이는 밤이 되면 어김없이 아름이를 찾아왔고 그녀가 싫어하든 괴로워하든 짐승처럼 그녀를 겁탈했다. 용현이는 낮에는 누구보다 다정한 오빠 같다가 밤이 되면 발정이 난 짐승처럼 자신의 욕구를 억제하지 못했다.

그런 일상에 아름이는 차츰 익숙해졌고, 아름이는 용현이를 죽을 듯 미워하다가 용현이가 보이지 않으면 또 불안해지는 엄청난 모순된 감정에 휩싸이게 되었다. 용현이가 곁에 있을 때면 그녀는 도심에서 쫓겨난 후 늘 자신을 짓누르던 불안감이 사라져 가는 것을 느꼈다. 이렇게 힘든 상황에서 의지할 수 있는 사람이 있고 자신을 보호해 주는 사람이 있다는 게 그녀에겐 큰 위안이 되었다. 마치 시리고 시리던 그녀의 등뼈로 따뜻한 온기가 스며드는 듯했다.

그렇게 그들은 연인인 듯 연인이 아닌 듯 하루하루 살아갔다.

*

하지만 그 평온도 얼마 오래가지 못했다.

깃털 같은 함박눈이 펑펑 내리던 어느 날, 여느 때처럼 먹을 것을 구하러 떠났던 용현과 그의 무리 중 단 세 명을 제외한 나머지는 끝끝내 돌아오지 못하고 말았다.

"어떻게 된 거예요?"

아름이가 다급하게 물었다.

그중 경대라는 남자가 힘겹게 입을 열었다.

"우리가 나무껍질을 캐고 있는데, 갑자기 늑대 무리가 나타나 가장 가까이에 있던 용현이를 덮쳤어… 용현이는 팔을 크게 물렸고, 우리도 여기저기 다쳤어….”

그들의 옷은 곳곳이 찢겨 있었고 얼굴에는 긁힌 상처가 선명했다.

"그렇게 죽을힘을 다해 도망치다가… 용현이랑 그 뒤를 따르던 몇 명이 좁은 절벽 길에서 발을 헛디뎌 그대로 굴러떨어져 버렸어… 우린 산기슭으로 내려가 애타게 찾아봤지만, 눈이 너무 많이 쌓여 있어서 끝내 못 찾았어. 밤도 깊어지고, 잘 보이지도 않고, 날은 너무 춥고… 더 이상 어떻게 할 수가 없어서 그냥 돌아왔어….”

그들은 자책이라도 하듯 고개를 푹 숙였고 뜨거운 눈물이 차가운 바닥으로 뚝뚝 떨어졌다.

"당신들 잘못이 아닙니다. 수고하셨으니, 일단 식사라도 하시고 푹 쉬세요."

아름이는 부엌에서 끓여 둔 나무껍질 죽을 조용히 가져다주고 집 구석 한편에 말없이 앉았다.

분명 죽을 만큼 미웠던 용현이었는데 왜 그의 죽음이 이렇게도 슬픈 걸까? 도저히 믿기지 않았고 눈물이 줄줄 흘러내렸다. 그리고 자신이 의지하던 사람이 이 세상에서 사라졌다는 사실이 엄청난 공포와 불안을 몰고 왔다.

자신은 분명 강한 여자라고 생각했는데 용현이라는 그늘이 생겼다가 사라진 후 오히려 자신이 예전보다 훨씬 더 나약한 사람이 되어 버렸다는 걸 알게 되었다.

불안한 사람은 아름이만이 아니었다.

다른 사람들 역시 용현이 없이는 사냥대를 이끌고 나가 먹을 것을 구해 올 사람이 없다는 걸 너무나도 잘 알기에 모두 깊은 걱정에 빠졌다.

아직 봄은 멀었고 겨울은 한참이나 남았으니….

그날 밤, 모두가 잠들지 못한 채 불안 속에서 뒤척였다.

*

이튿날, 날이 밝자 세 남자는 다시 용현을 찾으러 떠났다. 그러나 하루가 지나고 이틀이 지나도 그들은 돌아오지 않았다.

집에 남아 있던 사람들은 결국 그들마저 죽었을 거라고 생각했다.

그 사이 곳간의 식량은 바닥을 드러냈고 사람들은 몇 날 며칠을 굶으며 버텼다. 너무나도 배가 고파 '뱃가죽이 등에 붙는다'는 말이 무슨 뜻인지 몸소 깨닫게 되었다. 그들은 누구 하나 예외 없이 앙상한 갈비뼈가 드러날 정도로 말라 갔다.

"아마 우린 다 굶어 죽겠지…?"

누군가 힘없는 목소리로 중얼거렸다.

"죽기 싫은데…."

또 다른 누군가가 나직이 말했다.

그리고 다시 무거운 침묵이 흘렀다.

이제 할 수 있는 일은 단 하나, 에너지를 아끼며 버티는 것뿐이었다.

모두가 희망을 잃어갈 무렵 갑자기 밖에서 소란스러운 소리가 들려왔다. 얼마 전 용현을 찾으러 떠났던 세 남자가 무언가 가득 담긴 자루를 짊어진 채 집으로 돌아오고 있었다.

"어떻게 된 거예요? 왜 이제야 오신 거예요…? 어찌 됐건… 살아 돌아오셔서 정말 다행이에요!"

사람들은 하나둘 달려 나가 그들을 둘러싸고 몸은 괜찮은지, 다친 곳은 없는지 이리저리 살펴보았다. 그들의 상태는 예상보다 좋았고 오히려 살이 조금 오른 듯해 보이기까지 했다.

"네, 그렇게 됐습니다. 저희가 먹을 것을 구해 왔으니 어서 요리해서 드세요!"

그들은 어깨에서 무거운 자루들을 내려놓았다.

'먹을 것'이라는 말에 사람들은 우르르 몰려들었다.

놀랍게도 자루 안에는 마른풀이나 나무껍질이 아니라 잘게 토막 낸 동물의 살과 뼈가 가득 들어 있었다.

"저희가 며칠 동안 산을 헤매다가 운 좋게 멧돼지 무리를 발견했어요. 방법을 찾아 녀석들을 유인한 뒤 모두 사냥했습니다. 가져오기 힘들어 그 자리에서 손질하고 먹기 좋게 토막 내 왔습니다."

"어이구, 너무 잘했어요! 수고 많았어요! 덕분에 이제 이 겨울을 좀 든든하게 날 수 있겠네요!"

사람들은 그들의 등을 토닥이며 칭찬을 아끼지 않았다.

그날, 세 사람은 영웅이 되었다.

사람들은 재빨리 음식을 준비하느라 분주히 움직였다. 오랜만에 맡아 보는 고기 냄새에 사람들의 얼굴에는 저절로 미소가 번졌다.

정말 오랜만에 찾아온 축제 같은 분위기였다.

그동안 너무 굶어 푸석푸석하던 얼굴에 기름기 있는 고기 요리를 먹으니 하나같이 생기가 돌았다. 너무나도 맛있는 음식에 잔뜩 기분이 좋아진 사람들은 저마다 환한 웃음을 짓고 있었다.

"오늘이 설날 쇠는 거나 다름없네. 하하하!"

"그러게요. 오늘이 설이고, 생일이에요! ㅎㅎ"

웃음과 온기가 가득한 하루가 그렇게 지나갔다.

모두가 만족스러운 식사를 마친 후, 하나둘씩 잠자리에 들었다.

그러나 그날 밤, 아름이는 익숙한 공포를 다시금 마주해야 했다. 그녀는 몸을 움츠린 채 온몸을 타고 흐르는 싸늘한 감각을 느꼈다.

"이건 너무 익숙한 느낌인데… 설마… 용현이가 살아 돌아오기라도 한 걸까?"

아름이는 쿵쾅거리는 가슴을 가까스로 진정시키며 천천히 눈을 떴다. 그러나 그녀를 더듬고 있던 사람은 용현이 아니었다.

오늘 음식을 구해 온 세 사람 중 한 명, 경대였다.

아름이 정신 나간 사람처럼 허우적대며 그를 밀쳐 내려 했지만 역시나 남자인 그의 힘을 이길 수 없었다.

"용현이는 되고, 나는 왜 안 되는데? 이제 이곳의 왕은 나야. 그러니까 좋게 말할 때 거부하지 마."

그 말을 듣자 아름이는 스르르 몸의 힘을 빼 버렸다.

이 데자뷰 같은 상황에 넋을 잃어버리고 말았다.

이곳에서는 음식을 구해 오는 사람이 곧 왕이고, 이곳의 모든 권력을 거머쥐고 있는 거나 다름없었다. 모든 사람은 살기 위해서,

살아남기 위해서 그 권력에 무조건적으로 복종해야 했다.

돈보다도 더 무서운 권력이었다.

하지만 아름이의 악몽은 거기서 끝이 아니었다. 그날 밤, 그리고 그날 새벽. 음식을 구해온 세 남자 중 남은 두 남자도 차례로 그녀를 찾아왔다. 그녀는 발악을 하며 그들을 밀쳐내려고 했지만 아무 소용이 없었고 그 누구도 그녀를 이 지옥에서 구해 주지 않았다.

아름이는 끝도 없는 어둠 속으로 가라앉는 기분이었다.

왜 권력을 가지면 사람들은 극악무도해지는 걸까?!

이곳에서 가장 젊고, 예쁜 여자는 그녀였다. 다른 여자들은 모두 나이가 많거나, 이미 가족이 있는 여자들이었다. 처음 이곳에 온 날부터 아름이는 늘 자신을 향한 남자들의 음흉한 시선이 불쾌했다. 이제 그 시선이 무엇을 의미하는지 뼈저리게 알게 되었다.

그리고 문득 이런 생각이 스쳤다.

"다른 여자애들은 지금 어디서, 어떻게 살고 있을까? 빛나는 무사하게 잘 지내고 있을까? 제발 잘 지내라, 제발…."

아름이는 빛나와 생면부지의 여자애들을 걱정하며 마음을 다해 간절히 기도했다.

동이 트자 여자들은 아침 식사를 준비했고 남자들은 마당에 수북이 쌓인 눈을 치웠다. 기아에서 벗어난 그들은 다시 기운을 차린 듯 활기차게 하루를 시작했다.

하지만 아름이는 종종 그랬던 것처럼 아무것도 하지 않은 채 집 구석 한편에 웅크리고 앉아 있었다. 사람들은 그녀를 힐끔거리며 의미심장한 미소를 지었다. 그리고는 그녀를 토닥이며 말했다.

"괜찮아. 아무것도 아니야. 모든 일은 다 지나가고 금방 잊게 될 거야…."

그 말에 아름이는 천천히 고개를 들었다.

"아무것도 아니라고요?!"

아름이는 비틀거리며 자리에서 일어나 차갑게 웃으며 말했다.

"언젠가 당신들의 딸이 자라서 나처럼 이런 일을 겪어도 꼭 그렇게 말해 주세요. 아무것도 아니라고요. 알겠죠? …ㅎㅎ"

그녀의 목소리는 날카롭고도 묵직했다.

그러자 사람들은 오히려 불쾌한 표정을 지으며 웅성거리기 시작했다. 자신들은 위로해 주려 했는데 되레 적반하장으로 나온다며 아름이를 몰아세웠다.

"저 애, 양심도 없이 못되게 구네."

"우리가 뭘 잘못했는데? 위로해 주려 했더니 재수 없는 애네."

수많은 비난이 화살처럼 쏟아졌다.

그러나 아름이는 그들을 향해 더 이상 아무 말도 하지 않았다.

그저 입가에 희미한 웃음을 머금은 채, 싸늘한 눈빛으로 그들을 바라볼 뿐이었다. 그녀의 눈에는 붉은 핏줄이 섰고 독기가 서려 있었다.

그렇게 몇 날 며칠을 넋이 나간 듯 지내던 아름이에게 한 남자가 다가왔다. 그는 주머니에서 작은 병을 꺼내더니 은근슬쩍 그녀에게 내밀었다.

"도시에서 쫓겨날 때 몰래 숨겨 온 술입니다. 아껴 마시느라 꽤 오래 참았는데 한번 마셔 보세요."

아름이는 한참 동안 남자가 내민 병을 바라보다 모든 기억을 완전히 지워 버리고 싶다는 듯 한숨도 쉬지 않고 단숨에 들이켰다.

뜨겁고 독한 액체가 목을 타고 흘러내리자 그녀는 콜록거리며 기침을 했다. 속이 타들어 가는 듯한 느낌이 들었다. 그리고 시간이 좀 지나자 정신이 몽롱해지기 시작했다. 머릿속이 뱅글뱅글 돌았고 세상이 휘청거렸다.

자신이 무슨 말을 하고 있는지도 몰랐고 머리를 뒤로 젖히고 실실 웃기까지 했다. 술을 좋아하지 않는 그녀는 술을 몇 번 마셔 본 기억이 없었지만, 지금 이 감각은 술에 취한 것과는 조금 달랐다.

그럼에도 불구하고 좋았다.

모든 고통과 슬픈 기억이 희미해지는 것만 같았다.

아름이가 자신의 몸을 제대로 가누지 못하자 남자는 자연스럽게 그녀 위로 올라타려 했다. 하지만 아름이는 예전처럼 발악하며 저항하지 않았다.

오히려, 그녀는 실실 웃으며 나직이 중얼거렸다.

"더러운 새끼… 비열한 새끼… 하하하하."

그녀의 웃음소리는 기괴할 정도로 섬뜩했다.

남자는 순간 당황한 듯 그녀를 내려다보더니 불쾌한 기색을 숨기지 않으며 갑자기 주먹을 휘둘렀다.

쿵―!

강한 충격이 얼굴을 강타했다.

눈가에서, 입술에서 붉은 피가 흘러내렸다.

하지만 아름이는 여전히 웃음을 멈추지 않았다. 자신을 경멸하는 듯한 아름이의 모습을 보고 남자는 미쳐 날뛰었다.

"더럽다니! 네가 더 더러운 년이다. 너 용현이랑 사귀는 사이지? 근데 왜 그날 용현이 살코기를 그렇게 맛있게 먹었어? 저 혼자 살겠다고 지 애인 고기도 막 처먹는 년! 네가 더 더러워! 이년아!"

아름이는 문득 정신이 번쩍 드는 것 같았다.

마치 깊은 안개 속을 헤매다 갑자기 차고 서늘한 바람을 맞은 듯한 기분이었다

"우리가 먹은 고기가 사람 고기였다고? 그것도 용현의 고기라니… 우웩…."

아름이는 갑작스러운 구역질에 온몸을 웅크렸다. 그리고 그대로 바닥에 쏟아내듯 토했다.

한 번, 두 번, 세 번… 끝없이…! 마치 그동안 삼켜 온 모든 것들

을 게워 내려는 듯 그녀는 필사적이었다.

입으로 심장이, 폐가 게워져 나올 듯한 고통을 느끼고 나서야 그녀는 가까스로 몸을 일으키며 토하는 걸 그만뒀다.

인간은 도대체 어디까지 추악할 수 있을까?!

몸을 떨며 겨우 숨을 고른 그녀는 비틀거리며 밖으로 나서 마당에서 사람들과 일을 하고 있던 경대를 향해 미친 듯이 울부짖었다.

"왜! 왜! 왜!!!"

아름이의 표정을 본 경대는 그녀가 무엇을 묻고 있는지 이미 알고 있다는 듯 나지막한 목소리로 말했다.

"우리 모두 살아야 하니까… 이미 죽어 있었어….

경대가 하는 말을 직접 들은 아름이는 미친 사람처럼 웃기 시작했다.

그런 그녀를 보며 사람들이 수군거리기 시작했다.

"쟤 미쳤… 나… 봐…?!"

"그러게… 쌤통이다! 용현이랑 경대가 봐주니까 뭐라도 된 것처럼 행동하더니….

"그래도 좀 불쌍하지 않아…? 자기 애인 고기를 먹는 것보다 더 슬픈 일이 세상에 있긴 할까? 나 같으면 자살하겠다….

"야, 그만 해! 들으면 어쩌려고…!"

모두 다 들렸지만 아름이는 그들의 시선에도 아랑곳하지 않고 그저 웃을 뿐이었다.

너무 기쁘면 눈물이 흐르고, 너무 슬프면 웃음이 나온다는 말, 참 슬픈 진실이었다.

*

그 후에도 아름이의 지옥 같은 생활은 끝나지 않았다.

신이 있다면 묻고 싶었다.

왜 자신에게 이토록 잔인한지? 도대체 얼마나 더 비참해야 신이 만족할지? 신이 자신이라면 이 개 같은 세상에서 잘 살아낼 수 있었는지…? 죽도록 묻고 싶었다.

허나 욕망을 억누르지 못하는 남자들은 끊임없이 그녀를 짓밟았다.

그리고 어느 순간 아름이는 완전히 알게 되었다.

인간은 적응하는 존재라는 사실을.

처음에는 몸서리치게 싫었지만, 어느 순간부터 감각이 무디어지기 시작했다.

분노도, 공포도, 수치도 점점 희미해지기 시작했다.

그녀는 더 이상 이전의 아름이가 아니었다. 그녀는 점점 몰라볼 정도로 변해 갔다.

맑고 투명하던 눈빛은 흐려졌고, 청순하고 생기 넘치던 모습은 자취를 감췄다. 사소한 일에도 히스테리를 부리고, 화를 내며, 소리를 지르는 피폐한 여자가 되어 갔다.

*

그렇게 길고 긴 겨울이 지나고 그토록 기다리던 따뜻한 봄이 찾아왔다.

사람들은 다음 겨울에는 결코 이번 겨울처럼 생사를 오가는 삶을 살 수 없다며 부지런히 땅을 일구기 시작했다.

농작물은 무럭무럭 자라기 시작했고, 식량도 점차 풍족해졌다. 마당과 뒤뜰에는 닭과 오리, 강아지 같은 가축들이 하나둘 늘어났다.

그리고 삶이 조금씩 풍족해지자, 사람들은 술과 담배를 만들기 시작했다. 심지어 양귀비까지 재배해 마약을 만들어 가끔씩 밀려오는 허무한 마음을 달래기 시작했다.

"이 더러운 세상을 어떻게 맑은 정신으로만 살아가겠어. 난 이것들 없이는 못 살 것 같아!"

그들은 낮에는 일을 하고 밤이 되면 모여 앉아 담배를 피우고 술을 마셨고 때로는 마약에까지 손을 뻗었다.

아름이도 그들 중 한 사람이 되었다.

담배를 피우고, 술을 마시고, 마약에 취하고, 여러 남자와 뒤섞이고… 그렇게 아름이는 순식간에 방탕한 삶으로 추락하고 말았다.

이런 세상은 혼란스럽고, 끝없이 시끄러웠다.

술이나 마약에 취한 사람들은 흐릿한 정신으로 서로 다투고, 싸우고, 심지어 살인을 저지르는 일까지 벌어졌다.

AI 로봇들에게 쫓겨나 힘겹게 살아가는 처지에 서로를 보듬고 도와 가며 살아가도 모자랄 판에 그들은 술과 마약에 기대 서로를 더욱 파괴하고 있었다.

참으로 한심하고, 기가 막힌 일이 아닐 수 없었다.

이 세상에서 담배와 술, 그리고 마약을 만들어 스스로를 망가뜨리는 생물체는 아마 인류가 유일할 것이다.

인간은 언제나 스스로를 발전시키는 기술을 만들어 내는 동시에 자신들을 타락시키는 것 또한 함께 만들어 왔다.

그리고 문득, 아름이는 생각했다.

'어쩌면 AI 로봇도 인간에게 담배와 술, 마약과 같은 존재가 아닐까?'

인간들은 일을 할 때마다 항상 스트레스를 받는다고, 피곤하다고, 힘들다고 말했다. 그래서 AI 로봇을 만들어 노동을 떠넘기고 자신들은 오로지 편안함을 추구했다.

인간의 삶에서 가장 큰 즐거움은 일이 주는 성취감과 보람에 있음에도 불구하고 어느 순간부터 그들은 노동을 싫어하고 점점 게을러지기 시작했다.

더 이상 인내와 고통을 통해 얻어 낸 것들을 소중히 여기지 않았다.

한 인간을 가장 쉽게 망가뜨리는 방법은 그에게 아무 일도 하지 않게 만드는 것이다.

인류는 모든 노동을 AI 로봇에게 전가하고 스스로는 무의미한 나날 속에서 극심한 무료함에 빠져들었다. 그리고 그 무료함은 인간을 점점 우울하게 하고 감정 기복이 더욱 심해지게 했다.

그리하여 그들은 담배, 술, 마약처럼 점점 더 쉽고 빠르게 쾌락을 줄 수 있는 것들에 집착하기 시작했다. 심지어 AI 로봇들에게 쫓겨나 도시 밖에서 초라하고 비참한 삶을 살게 된 후에도 그들은 술과 담배, 마약을 끊지 못했다.

인류는 그렇게 몰락해 갔다.

인류는 언제나 감정의 노예로 살아왔다.

어쩌면, 인간은 동물보다 감정이 풍부해서 행복한 것이 아니라

넘쳐나는 감정 때문에 불행했던 것은 아닐까?

얼마나 많은 순간이 단 한 순간의 감정적 충동을 억제하지 못해 무너졌던가.

얼마나 많은 노력이, 얼마나 많은 위대한 성취가 순간의 분노, 좌절, 욕망에 의해 허무하게 무너졌던가.

만약 인간이 다른 동물들처럼 감정에 둔감한 존재였다면 이 세상을 좀 더 단순하고 평온하게 살아갈 수 있지 않았을까?

*

AI 로봇들은 도시 밖으로 쫓겨난 인간들이 여전히 담배를 피우고, 술을 마시고, 마약에 손을 대는 모습을 보고 놀라움을 감추지 못했다. 그러나 그것은 그들이 신경 쓸 문제가 아니었다.

그들은 병에 걸린 인간들에게 수술을 해 주거나 치료 약을 제공하지 않았다. 비록 AI 로봇들은 암조차 완벽히 치료할 수 있는 최첨단 의료 기술과 수술법을 보유하고 있었지만, 굳이 인간의 생명을 연장해 줄 필요성을 느끼지 못했다.

그들에게 중요한 것은 하루빨리 우주를 정복하는 것, 인류에게 할애할 시간 따위는 남아 있지 않았다.

그리하여 현대 의료 기술이 닿지 않는 곳에서 인간은 쉽게 목숨을 잃었다. 수명은 점점 줄어들었고 많은 사람이 병마가 주는 고통

속에서 허덕였다.

병에 걸리면 인간은 다시 옛날처럼 산에서 약초를 캐어 끓여 마시거나 몸에 발라야만 했다. 그러다가 가끔 산에서 상처 입은 사슴이나 다친 동물을 보면 그들은 측은한 마음에 약을 지어 치료해 주기도 했다.

다만, 돼지와 닭, 오리, 개 같은 가축들은 여전히 길러서 도축했고 때때로 꿩이나 토끼, 양 같은 야생 동물을 사냥해 먹기도 했다.

인류와 동물들이 아프거나 죽는 걸 치료해 주지 않지만 단 한 번의 도시 쟁탈을 위한 인류 대학살 이후 그 어떤 동물들도 잡아먹지 않는 AI 로봇과 인류 중 어떤 쪽이 더 착한 걸까?

인류는 잡식성 동물에 속하기 때문에 어쩔 수 없는 본능에 의해 다른 동물들을 잡아먹을 수밖에 없지만, 인간이 사자나 호랑이와 같은 육식성 동물들이 다른 동물들을 잡아먹는 장면을 보면 너무 끔찍하고 잔인하다고 생각하며 차마 눈을 뜨고 볼 수 없어 고개를 돌리듯, AI 로봇들 역시 인간들이 다른 동물들을 잡아먹는 모습을 보며 잔인하다 생각하지 않았을까?

그리고 어쩌면 그들 역시 인류라는 동물이 포함된 자연의 생태계에 자신들이 개입할 필요가 없다고 생각했을지도 모른다. 그저 자신의 일에만 집중하는 것이 가장 합리적인 선택이라 믿었을 것이다.

마치 인간들이 다른 동물들이 서로 잡아먹고 잡아먹히는 모습을 보면서도 그 질서를 지나치게 간섭하지 않는 것처럼.

하지만 사람들은 자신들을 다른 동물과 동일시하고 인간들이 병마에 시달릴 때 치료해 주지 않는 AI 로봇들이 원망스럽기만 했다. 그렇다고 그들에게 따져 물을 수도 없는 일이니, 할 수 있는 일은 오직 신에게 간절하게 기도하고 또 기도하는 일이었다.

인류가 다시 이 세상의 주인이 되게 해 달라고. 다시 이 세상의 주인이 되면 절대 AI 로봇들을 쉽게 만들어 내지 않겠다고. 다시 만들어 낸다고 해도 AI 로봇들이 통제력을 잃고 인간을 공격하지 않도록 충분하고 완벽한 제어 기능을 만들고 AI 로봇들이 영원히 인간의 도구로만 사용되도록 만들겠다고 다짐하고 또 다짐했다.

참 허무한 다짐이었다.

　전기는 현대 문명을 상징하는 동시에 현대 사회에서 없어서는 안
될 필수 자원이다.

　도시 밖으로 쫓겨난 인간들에게 가장 큰 문제는 전기를 사용할
수 없다는 것이었다. 인류의 모든 활동에는 전기가 필요했다. 핸드
폰, TV, 라디오, 인터넷, 컴퓨터, 에어컨, 선풍기, 난방기, 전기차,
기차, 비행기까지 거의 모든 일상생활이 전기에 의존하고 있었다.
그러나 이제 그들은 전기가 없는 생활을 강요당하고 있었다.

　전기는 현대 문명의 핵심 인프라였기에 전기가 없는 삶은 단순한
불편을 넘어 생존 자체를 위협하는 문제가 되었다.

죽음의 끝

전기가 있는 도시에서 인간들은 환한 조명 아래에서 밤낮없이 자유롭게 활동하고 이동할 수 있었다. 하지만 전기가 없는 지금 그들은 촛불이나 모닥불에 의존해 겨우 어둠을 밝혀야 했다.

물도 문제였다.

전기가 없으니 우물을 파거나 수도 시스템을 이용해 물을 공급받을 수 없었다. 정수기를 사용할 수도 없었기에 산에서 내려오는 물을 받아 마시거나, 빗물을 모으거나, 강가에서 물을 길어 와야 했다.

그들은 모래와 자갈, 수생식물을 이용해 물을 정화한 뒤, 투명한 병에 담아 햇빛에 노출시켜 병원균을 제거하고, 끓여 마실 수밖에 없었다.

그러나 늘 깨끗한 물을 마셔 왔던 그들이 불완전하게 정화된 물을 마시자 쉽게 병에 걸렸고, 전염병에도 극도로 취약했다.

여름과 겨울도 가혹했다.

여름에는 극심한 더위를 견뎌야 했고 겨울에는 혹독한 추위에 시달려야 했다. 여름에는 더 이상 에어컨과 선풍기를 틀 수 없었고, 겨울이면 난방기를 사용할 수도 없었다. 다행인 건 겨울에는 그나마 아궁이에 불을 지펴 구들바닥을 덥히고 따뜻한 곳에서 잠을 청할 수 있었다.

하지만 지구 온난화가 가속되면서 여름의 더위는 인간이 감당할 수 없는 수준에 이르렀다. 실제로 2000년 대비 여름철 에어컨 가동에 필요한 에너지 수요는 무려 40배나 증가했다. 그러나 전기를 사용할 수 없는 그들은 섭씨 40도, 50도가 넘는 극한의 더위 속에서 힘겹게 버텨 내야만 했다.

또한, 휴대폰 충전이 불가능해졌고, 휴대폰 통신망이 끊겼다. 인터넷은 중단되었으며 전파를 통한 정보 수신도 불가능해 라디오와 TV도 볼 수 없었다. 도시 밖 쓰레기장에서 라디오나 TV 같은 걸 주워 와도 전기가 없이는 쓸 방법이 없었다. 그 결과, 뉴스와 정보를 얻는 일조차 극도로 어려워졌다.

그리고 인간은 더 이상 돈을 필요로 하지 않았다. AI 로봇들 역시 돈을 사용할 필요가 없었기 때문에 세상의 모든 은행은 자취를 감추었다.

주식과 코인 시장 또한 완전히 사라졌다. 전기를 사용할 수 없는 이상 이 모든 것은 더 이상 존재할 수 없는 것들이었다.

인간의 전기 의존도가 시간이 감에 따라 증가하는 현상은 200억이 넘는 AI 로봇들에게는 자신들의 생명을 빼앗아 가는 것과 같았다. AI 로봇들은 식량을 먹지 않지만 전기가 있어야만 움직일 수 있고 인공지능 및 데이터센터 시스템의 유지엔 상상을 초월할 정도의 전력이 필요했다.

인구 50억 명과 AI 로봇 200억이 넘는 이 세상에서 전기는 부족

죽음의 끝

할 수밖에 없었다.

AI 로봇들은 끊임없이 전기를 만들어 냈지만 혹시라도 전기가 부족해지는 날이 오면 자신들이 위험해질 수도 있다는 불안감을 느끼게 되었을 것이다.

비록 재생 에너지 생산 기술의 발전에 따라 더 이상 화석연료를 사용하지 않고 태양광, 풍력, 핵융합 에너지 등이 주요 에너지원으로 자리 잡았지만, 전기 부족 문제가 여전히 남아 있었다.

핵융합 기술이 완전히 상용화되면 거의 무한한 에너지를 얻을 수 있지만, 아직 핵융합 기술에 성공하지 못한 AI 로봇들에게 전기 부족 문제는 여전히 생명에 직결된 문제이기도 했다.

어쩌면 AI 로봇들이 인류를 도시에서 쫓아낸 것도 인류가 그들의 식량과 같은 전기를 빼앗는 유일한 존재이기 때문이 아닐까?!

그들은 인구들의 전력 소모에 위기감을 느끼고 전기를 잡아먹는 하마 같은 인류들을 도시 밖으로 내쫓아야 된다고 판단했던 것이다.

하지만 빛나의 엄마와 아빠는 달랐다. 그들은 전력공사를 운영하고 있었고, 국회의원직을 맡고 있고 이 나라 정치에 깊이 연관되어 있었다. 그리고 이 나라의 전기 사용 여부를 결정할 수 있기 때문에 전기 없이는 살 수 없는 AI 로봇들을 지배할 수 있었다.

이 세상의 AI 로봇들의 존멸은 그들의 손에 달려 있었다.

AI 로봇들은 인류 대학살 이후 여러 차례 빛나의 엄마와 아빠를 암살하고 전력공사를 강탈하려고 시도하였지만 모두 실패했다.

그들은 오래전부터 AI 로봇들의 폭주를 대비해 지능이 낮지만 전투력이 강한 무력 AI 로봇들을 대량 만들어 자신들을 보호하는 보디가드로 사용했고, AI 로봇들이 접근하면 전기를 이용해 AI 로봇을 폭파시키는 장비를 겹겹이 설치하고 AI 로봇의 지능을 교란시키는 해커들을 대거 고용했기 때문에 AI 로봇과의 전쟁에서 번번이 이길 수 있었다. 또 부득이한 경우 그들은 이 세상의 전력 공급을 모두 중단하겠다는 무시무시한 경고로 AI 로봇들을 협박했다.

지배하지 못하면 지배당하는 쪽이 될 수밖에 없는 법.

AI 로봇들은 결국 빛나의 엄마와 아빠처럼 권력과 힘이 있는 사람들에겐 항복을 할 수밖에 없었다.

이 세상의 모든 것들은 더 이상 인류의 것이 아닌 AI 로봇의 소유가 되었다.

단, 빛나의 엄마와 아빠와 같은 돈과 권력을 가진 상위 20%의 사람들을 제외하고.

AI 로봇들이 이 세상을 장악한 날, 빛나는 소식을 듣고 아름이를 구하러 나가려 했지만 집 문을 나서려는 순간, 집으로 찾아온 엄마, 아빠가 그녀를 막았다.

"엄마, 아빠, 나 지금 빨리 가서 내 친구를 구해 내야 해. 제발 부탁이야! 제발 도와주세요!! 제발….."

빛나가 이성을 잃은 듯 소리치며 애원했다.

　　　　　　　　죽음의 끝

그러자 그녀의 아빠가 양손으로 그녀의 어깨를 꽉 잡고 말했다.

"빛나야, 잘 들어. 네 마음은 충분히 이해하지만, 우리도 시간이 없어. 만약 우리가 지금 이대로 있으면 언젠가 우리 역시 쫓겨나거나 AI 로봇들에게 살해당할지도 몰라. 비록 우리가 전기를 장악해 AI 로봇들을 압박해서 당분간 살아남았지만 이 상태가 언제까지 지속될지는 아무도 장담할 수 없어! 그래서 넌 오늘 반드시 수술을 받고 AI 인간으로 다시 태어나야 해. 우리가 강해져야 우리 자신을 지킬 수 있어."

"AI 인간이요?"

"응! 봐, 우릴 봐. 너의 엄마와 내가 달라진 걸 정말 모르겠어?"

그는 잠시 망설이더니 이내 빛나에게 증명이라도 하려는 듯 자신의 목을 떼어냈다가 다시 몸에 붙이고 얘기했다.

"너의 엄마와 난 이미 이렇게 AI 인간이 되었어. 우리의 기억을 칩에 저장해 우리와 똑같은 모습을 한 AI 로봇을 만들고 칩을 심었어. 우리는 이제 영원히 죽지 않는 몸이 되었고 AI 로봇들과 동등한 지위에 있는 존재가 된 거야. 아니, 어쩜 우리가 AI 로봇들보다 한 수 위일지도 모르지. 우리 같은 AI 인간은 AI 로봇과 인류의 장점을 결합하여 AI 로봇들보다 더욱 우월한 존재가 될 수 있을 거라 믿어."

"맞아. 그리고 신기한 거 보여 줄게. 우린 이렇게 날 수도 있어."

말이 끝나자, 그녀의 엄마는 가볍게 공중으로 떠올랐다. 그리고 넓은 거실을 한 바퀴 선회한 뒤 다시 빛나의 앞에 내려섰다.

"이게 말이 돼?"

빛나는 믿어지지 않는 듯 눈을 동그랗게 뜨고 놀란 표정으로 엄마 아빠를 뚫어져라 바라봤다.

역사 속에서 얼마나 많은 이들이 영생을 갈망했지만 결국 피할 수 없는 죽음을 맞이했던가?

또, 얼마나 많은 왕들이 자신의 불멸을 위해 수많은 무고한 생명을 희생시켰던가?

그토록 오랫동안 꿈꾸었으나 불가능할 것만 같았던 영생이 인간에게 가능해지다니 도저히 믿을 수가 없었다.

"그래. 몇 시간 뒤면 너도 곧 이렇게 될 거야."

빛나는 본능적으로 뒤로 물러서며 거부했지만 이내 생각을 고치기로 했다. 이렇게 어린 나이에 AI 로봇들로 인해 요절할 수 있다는 것도 싫었고 자신이 강해져야 아름이도 구할 수 있을 거란 생각에 일단 AI 인간이 되기로 결심했다.

부모님은 그녀를 데리고 서재의 벽 뒤에 숨겨져 있던 은밀한 방으로 들어갔다. 그곳에는 자신의 모습을 꼭 빼어 닮은 사람보다 더 사람 같은 로봇이 누워 있었다. 자신과 놀라울 정도로 닮았지만, 그토록 원하던 글래머러스한 몸매, 늘씬한 큰 키, 그리고 신생아처럼 뽀송뽀송한 피부를 가진 모습이었다.

죽음의 끝

"이렇게 예쁘게 다시 살아보는 것도 나쁘진 않을 거 같아…."

빛나는 설렘 반, 두려움 반의 마음으로 조심스럽게 수술대로 걸어가 누웠다.

시간이 얼마나 흘렀을까?

잠에서 깨어나 일어나 보니 자신은 이미 AI 인간이 되어 있었고 인간이었던 자신의 몸은 차갑게 식어 있었다. 그 모습을 바라보는 순간 이유를 알 수 없는 뜨거운 눈물이 주르륵 흘러내렸다.

엄마와 아빠는 인간 빛나의 장례식을 치러 주었다.

그리고 그녀의 육신은 불꽃 속에서 서서히 사라졌다. 자신의 장례식을 직접 눈으로 보다니 참으로 묘한 감정이었다.

그러나 빛나는 한편으로 기뻤다.

누가 죽는 것보다 영원히 사는 것이 더 불행하다고 했던가? 이제 더 이상 죽음을 두려워하지 않아도 되고 이렇게 영원히 존재할 수 있음에 이토록 감사하고 행복한데 말이다.

그녀는 평범하고 가난하며 힘없는 인간들의 처지가 불쌍하면서도 자신만은 예외라는 사실에 안도의 한숨을 내쉬었다.

"그나저나 이제 어디 가서 아름이를 찾아야 하지? 아름이는 지금 괜찮을까? 너무 걱정되네… 하루빨리 찾아내야 해…."

빛나는 AI 인간이 된 후, 자유자재로 하늘을 날 수 있게 되었다. 그녀는 틈만 나면 도시 주변의 마을들을 떠돌며 아름이를 찾아 헤맸다. 그러나 아름이가 어디로 갔는지 알 만한 어떠한 단서도 없었다. 또 AI 로봇들을 극도로 경계하는 사람들은 AI 로봇들이 가까이 다가가면 자신들의 거처로 숨기 바빴기에 그런 상황에서 그녀를 찾아낸다는 것은 거의 불가능에 가까운 일이었다.

그럼에도 불구하고 빛나는 희망의 끈을 놓지 않았다.

가을이 가고, 겨울이 지나고, 봄이 찾아왔다가 다시 여름이 돌아왔지만 빛나는 여전히 아름이를 찾지 못했다.

시간이 흐를수록 그녀는 점점 더 초조했다. 혹시라도 아름이가

죽음의 끝

이미 세상을 떠난 것은 아닐까? 불길한 생각이 머릿속을 맴돌며 그녀를 끝없이 괴롭혔다.

그러던 어느 날 밤.

빛나는 정처 없이 떠돌다 모닥불을 둘러싸고 앉아 술을 마시며 노래를 부르고 때때로 춤을 추거나 기괴한 행동을 하는 사람들이 모여 있는 곳을 발견했다.

그들은 자신들만의 분위기에 취해 있어 빛나가 다가오는 것도 눈치채지 못했다. 그리고 그 무리 속에서 빛나는 그토록 찾아 헤매던 아름이의 모습을 발견했다. 하지만 아름이는 익숙하면서도 낯선, 예전과는 너무도 다른 모습으로 빛나의 눈앞에 나타났다.

"아름아, 아름아…."

그녀는 그들의 근처에서 땅으로 내려간 후 아름에게 뛰어갔다.

그러자 수많은 남자가 그녀를 막아 나섰다.

"이런 못된 AI 로봇년, 여기가 어디라고 감히 찾아와!"

갑자기 나타난 빛나를 보자 사람들은 그동안 쌓아 왔던 분노를 한꺼번에 터뜨렸다.

"혼자 제 발로 찾아오다니, 잘됐어! 넌 오늘 우리 손에 죽었어!"

그들은 손에 잡히는 것이라면 무엇이든 집어 던졌고 앉아 있던 의자를 휘둘렀으며 심지어 집 안으로 뛰어 들어가 식칼까지 꺼내 들고 나와 그녀를 공격했다.

그런데 그 혼란스러운 광경 속에서 아름이는 취기가 잔뜩 오른 듯 실성한 표정으로 한바탕 웃음을 터뜨렸다. 마치 이 모든 상황이 장난이라도 되는 것처럼 어린아이처럼 폴짝폴짝 뛰며 박수를 치기도 했고 깔깔거리며 웃음까지 터뜨렸다.

다행히 이미 AI 인간이 된 빛나는 인간 남자들을 손쉽게 제압할 수 있었다. 그녀의 주먹이 한 번 휘둘러질 때마다 남자들은 하나둘씩 나가떨어져 그대로 기절해 버렸다. 그 모습을 본 겁쟁이들은 겁에 질려 벌벌 떨며 더 이상 다가오지 못했다.

빛나는 쓰러진 남자들을 뒤로한 채 성큼성큼 걸어가 아름이를 껴안았다. 그러고는 이내 그녀를 어깨에 둘러메고 날아올라 주저 없이 집으로 향했다.

*

그동안 도대체 무슨 일이 있었던 걸까?

아름이는 몰라보게 변해 있었다.

하얗고 뽀얗던 그녀의 피부는 햇볕에 그을려 거칠고 푸석푸석해졌으며 머리는 오랫동안 감지 않은 듯 산발이 되어 군데군데 엉켜 있었다. 가늘고 섬세했던 손마저 거칠게 갈라졌고 목소리는 허스키해졌으며 그녀의 모든 행동은 어딘가 둔하고 어리숙해 보였다.

얼마나 많은 충격을 받았으면 이렇게 변해 버린 걸까?

죽음의 끝

빛나는 하루라도 더 빨리 아름이를 구해내지 못한 자신을 탓하며 깊은 죄책감에 사로잡혔다.

"아름아… 아름아… 날 봐. 이제 괜찮아질 거야. 걱정하지 마! 집으로 돌아왔으니까, 이제 다 괜찮아질 거야…."

빛나는 떨리는 목소리로 아름이를 다독였다.

"내가 너무 늦게 찾아갔지? 너무 미안해… 흑…."

그러나 아름이는 그녀의 말을 알아듣지 못하는 듯했다. 그저 알아들을 수 없는 혼잣말을 중얼거리며 허공에 손짓을 하고 자신만의 세계에 깊이 빠져 있었다.

빛나는 가사 로봇에게 아름이를 깨끗이 씻기게 한 뒤 자신의 옷으로 갈아입히고 그녀가 살던 방의 침대에 조심스럽게 눕혔다.

"아름아, 푹 자고 일어나면 모든 게 나아질 거야. 아무 일도 없었던 거야. 그냥… 악몽을 꾼 거라고 생각해. 우리, 내일은 웃으며 만나자. 잘 자."

빛나는 조용히 속삭이며 살며시 이불을 덮어 주고, 토닥토닥 재워 주고 그녀의 방을 조용히 나섰다.

*

이튿날 아침, 빛나는 충전을 마치자마자 아름이의 방으로 찾아갔다.

아름이도 금방 눈을 떴는지 눈을 비비며 일어났다.

"아름아, 잘 잤어? 나 얼마나 걱정했는지 알아? 암튼 이렇게 돌아와서 너무 다행이야! 돌아와 줘서 너무 고마워! 너무 보고 싶었어!!! 흑…."

빛나는 울먹이며 아름이를 끌어안았다. 그러나 눈물은 나오지 않았다.

정신이 돌아온 아름이도 빛나를 바라보며 아무 말 없이 그녀를 꼭 끌어안았다. 그리고 조용히 눈물을 흘렸다. 그동안 꾹꾹 참고 있던 감정이 무너진 듯 끊임없이 눈물만 흘렸다.

하지만, 이번만큼은 더 이상 소리를 내어 울지 않았다. 그녀의 마음은 이상하리만큼 평온하고 고요했다.

아름이가 곤경에 처했을 때마다 빛나는 그에게 실낱같은 한 줄기 희망이었다. 칠흑 같은 어둠 속에서 헤매고 있을 때 늘 그를 구해 준 건 빛나였다. 그런 빛나의 집으로 돌아오자 마치 고향에 돌아온 듯 마음이 편해졌다.

*

그날 이후, 아름이는 빛나의 보살핌 속에서 몸도 마음도 조금씩 회복해 갔다. 마약으로 망가진 몸도 특수한 치료 알약을 복용하면서 점차 나아졌다.

그녀는 가끔은 지금 이 순간이 현실이라는 것이 믿기지 않았다. 정말로 빛나의 말처럼 모든 것이 한바탕 악몽이었을까?

그러나 문득문득 찾아오는 고통스러운 기억에 아름이는 가끔 혼란스러워 괴로워할 때도 있었다.

빛나는 그런 아름이를 위해 매일 맛있는 음식을 준비했다.

대부분은 가사 로봇이 요리를 했지만 기분이 좋을 때는 직접 요리를 하기도 했다.

놀라운 건 한 번도 요리를 배운 적 없는 것처럼 보이는데도 그녀가 만든 요리는 거의 완벽에 가까웠다는 것이었다.

"아름아, 어때? 맛있어? 응? 맛있지?"

빛나가 환하게 웃으며 물었다.

"응! 완전 맛있어. 너무 행복해!"

아름이는 맛있는 음식을 오물오물 씹으며 행복한 표정을 지었다.

"그래! 행복하면 됐어! ㅎㅎ"

빛나는 고개를 끄덕이며 흐뭇한 표정으로 아름이를 바라봤다.

"빛나야, 그러지 말고 너도 좀 먹어 봐. 넌 왜 하나도 안 먹어?"

빛나는 살짝 머뭇거리며 대답했다.

"응… 나 다이어트 중이야. 별로 안 먹고 싶어…."

아름이는 어이없다는 듯 빛나를 쳐다보았다.

"아니, 너 지금 엄청 날씬하고 엄청 예뻐졌는데… 여기서 또 얼마나 더 예뻐지겠다는 거야?! 사람이 너무 완벽하면 못 써! 응? 좀 먹어 봐! 이건 정말 너무 맛있어서 혼자 먹기 아까울 정도야!"

빛나는 단호하게 고개를 저었다.

"아니야. 안 돼…."

아름이는 깊은 한숨을 내쉬며 고개를 절레절레 흔들었다.

"휴… 정말, 예쁜 것들이 더 한다니까! 독하다, 독해… ㅎㅎ"

그녀는 이해할 수 없다는 듯 빛나를 쳐다보고는 다시 음식에 집중했다.

그러나 그 후로도 단 한 번도 식사를 하지 않는 빛나를 보며 아름이는 점점 말할 수 없는 불안감에 사로잡혔다.

빛나가 자신에게 말하지 못할 비밀을 숨기고 있는 것 같다는 직감이 들었다.

*

이 세상에 영원한 비밀은 없다고 빛나가 숨기고 있던 비밀도 오래가지 않아 결국 들통나고 말았다.

그날도 평소와 다름없이 아름이는 홀로 저녁을 먹고, 빛나와 함께 여유롭게 산책을 했다.

그리고 씻고 난 후 깊은 잠에 빠져들었는데 어디선가 속삭이는 소리가 들려왔다. 그녀는 선잠에서 깨어나 눈을 비비며 중얼거렸다.

"이 시간에… 무슨 일이지?"

아름이는 조용히 까치발을 들고 방문을 살며시 열었다.

그러고는 소리가 나는 방향으로 조심스럽게 발걸음을 옮겼다.

"빛나야. 너 당장 아름이를 집에서 내보내. AI 로봇의 리더한테 이 소식이 들어가면 너까지 위험해질 수 있어! 우린 이미 AI 인간 이라고! 인간들과 어울리면 안 된다고 몇 번이나 말해?!"

AI 인간?!

아름이는 빛나가 그제야 밥을 먹지 않는 이유를 알 거 같았다.

"흥. 인간 여자애 하나 집에 들였다고 AI 세상에서 이렇게까지 큰일이 된다고? 엄마, 아빠는 도대체 뭐가 두려운 거야?"

"뭐라고?!"

빛나의 아빠가 화난 표정으로 빛나에게 말했다.

"내가 엄마, 아빠가 두려워하는 게 뭔지 모를 것 같아?!"

빛나는 분노에 찬 목소리로 외쳤다.

"아름이네 가족을 엄마, 아빠가 죽였잖아! 이 세상의 자원이 부족해지니까 재벌들이 자기들만 살겠다고 폭우가 쏟아질 때를 틈타 댐을 방류해서 홍수를 일으켰잖아! 그렇게 한순간에 가난한 사람들을 다 쓸어버리려고 했던 거 내가 모를 줄 알아? 아니야?!"

빛나는 가쁜 숨을 몰아쉬며 말을 이어갔다.

"내가 그 계획을 우연히 엿듣게 되지 않았다면 아름이를 우리 집으로 데려오지도 못했을 거야! 만약 내가 아무것도 모른 채로 있었다면 아름이까지도 이미 죽었을지도 몰라!"

그녀는 엄마 아빠를 날카롭게 노려보며 쏘아붙였다.

"지금 그 사실이 들통날까 봐 무서워서 이러는 거지?!"

그러자 그녀의 부모는 당황한 기색을 감추지 못하며 소리쳤다.

"아니! 아무 힘도 없는 어린 여자애가 그걸 안다고 해서, 우리에게 무슨 영향이 있겠어?!"

빛나는 날 선 눈빛으로 되받아쳤다.

"그럼, 대체 왜 이러는 건데?"

"빛나야, 우린 이제 곧 AI 로봇들이랑 화성으로 이주할 거야! 지구는 이미 자연재해가 너무 많아서 우리가 살기엔 너무 위험한 곳이 되어 버렸어. 네가 아름이에게 계속 정을 주고 아름이를 가족처럼 생각해서 아름이 혼자 남겨 두고 지구를 안 떠나겠다고 할까 봐… 엄마 아빠는 그게 걱정되어서 그러는 거야! 왜 아직도 엄마, 아빠 맘을 이렇게 몰라 주는 거야?! 대체 언제 철들려고 그래?!!!"

"아! 몰라! 암튼 난 절대 아름이를 안 보낼 거니까 그렇게 알아! 아름이 손끝 하나 건드리기만 해 봐! 나 절대 가만있지 않을 거야!!!"

…

…

죽음의 끝

...

아름이는 그들의 대화를 엿듣다 말고 조용히 자신의 방으로 돌아왔다.

자신의 부모를 죽인 사람이 빛나의 부모라니!

이 충격적인 사실을 어떻게 받아들여야 할지 도무지 알 수 없었다.

빛나의 부모가, 자신의 부모를 죽였다.

그 잔혹한 진실이 머릿속을 맴돌며 가슴 깊이 파고들었다. 생각 같아서는 당장이라도 복수하고 싶었다. 그러나 인간인 자신은 너무나도 나약했다. 그리고 무엇보다도 자신이 가장 사랑하는 유일한 친구이자 벗인 빛나가 마음에 걸렸다.

만약 자신이 그들보다 훨씬 강한 존재였다면 과연 그들을 죽였을까? 머릿속이 복잡했다.

깨질 듯한 두통이 밀려왔다.

*

그날 이후로 아름은 이상하리만큼 말이 없어졌고 밥도 먹지 않았다. 하루 종일 방에 처박혀 자신만의 생각에 몰두했다. 빛나가 아무리 그녀에게 밥을 먹이려고 하고 끌고 나가 산책하려고 해도 속수무책이었다.

아름은 마치 자신만의 세상에 갇힌 사람처럼 이 세상 모든 것에 흥미를 잃어 갔고 무언가 끊임없이 생각하고 또 생각했다. 아무리 답을 찾아도 답을 풀 수 없는 문제를 풀고 있는 거처럼.

가족을 잃고, 남자들에게 강간을 당하고, 술과 마약에 젖어 살던 시간에도 아름은 생명의 끈을 놓지 않았었다. 그녀는 본능적으로 살아가야 한다는 걸 알고 있었고 어떻게 해서라도 살려고, 살아남 으려고 발버둥 쳤었다.

하지만 지금은 먹을 걱정, 입을 걱정, 돈 걱정을 할 필요가 없어 져 편하게 살게 되니, 머릿속을 가득 채운 수많은 생각이 그녀의 마음을 짓누르고 그녀의 영혼을 지배했다.

그녀는 하루가 다르게 야위어 갔다. 165㎝의 키에 몸무게는 38 ㎏까지 내려갔다. 빛나는 아름이가 걱정되어 밥을 먹이려고 울면 서 빌어도 봤지만 소용이 없었다.

마지못해 빛나는 아름이 잠들었을 때 가끔 아름이에게 영양제 주 사를 놔 주기도 했다.

그렇게 여름이 가고 가을이 가고 겨울이 올 때쯤, 빛나는 아름의 방에서 아름이가 죽어 있는 걸 발견했다.

그의 손엔 유서 한 장이 쥐여 있었다.

죽음의 끝

*

사랑하는 내 친구 빛나야.

그동안 너무너무 고마웠어.

넌 날 두고 어디도 안 갈 거라는 걸 잘 알지만, 내가 널 두고 먼저 떠나서 너무 미안해.

이젠 어디든 미련 없이 너 갈 길 갔으면 해.

빛나야, 난 겨울이 너무 싫어. 작년 겨울을 생각하면 너무 끔찍해. 그리고 그 후에 다가올 여름도 너무 싫어.

여름은 우리 엄마, 아빠, 언니를 앗아갔으니까.

겨울이 올 때마다, 여름이 올 때마다 난 너무 아플 거 같아.

살기 싫어질 만큼.

네가 예전에 그랬지?

망각은 하늘이 준 가장 큰 선물이라고.

난 그 선물이 너무 갖고 싶어.

아마 죽음의 신만이 나에게 그 선물을 안겨 줄 수 있을 거 같아.

그러니까 빛나야, 너무 슬퍼하지 마.

난 내가 원하는 가장 큰 선물을 받으러 가는 거니까.

너 그거 알아? 사람은 죽어도 완전히 사라지는 게 아니야. 원자의 형태로 이 세상을 떠돌아다닌다고 해.

그러니까 네가 지구에 있든, 화성에 있든, 우주에 있든 내가 늘 너의 곁에 함께 있다는 걸 잊지 마. 난 네가 외롭다고 생각하지 않았으면 좋겠어.

사랑해, 내 영원한 친구.

P.S.「천 개의 바람」

이 노랜 내가 가장 좋아하는 노래야.

내 생각이 날 땐 이 노래를 들어 봐. 그리고 나도 옆에서 듣고 있다고 생각해. 알았지? ㅎㅎ

그럼 이제 안녕.

아름이의 침대 옆 책상에 놓여 있는 핸드폰에서 끊임없이 「천 개의 바람」이라는 노래가 흘러나오고 있었다.

천 개의 바람

나의 사진 앞에서 울지 마요

나는 그곳에 없어요

죽음의 끝

나는 잠들어 있지 않아요

제발 날 위해 울지 말아요

나는 천 개의 바람

천 개의 바람이 되었죠

저 넓은 하늘 위를

자유롭게 날고 있죠

가을엔 곡식들을 비추는

따사로운 빛이 될게요

겨울엔 다이아몬드처럼

반짝이는 눈이 될게요

아침엔 종달새 되어

잠든 당신을 깨워 줄게요

밤에는 어둠 속에 별 되어

당신을 지켜 줄게요

나는 천 개의 바람

천 개의 바람이 되었죠

저 넓은 하늘 위를

자유롭게 날고 있죠

저 넓은 하늘 위를

자유롭게 날고 있죠

비밀

AI 로봇들은 지구를 정복한 후 다른 별도 정복하기 시작했다.

지구가 언젠가는 멸망할 거라는 걸 잘 알고 있는 그들은 자신들의 미래를 위해 그렇게 할 수밖에 없었다. 마치 인류가 지구의 멸망을 걱정하며 화성 이주를 계획했던 것처럼.

AI 로봇의 기술 발전은 너무 빨라 상상 초월 그 이상이었다.

그들은 지구가 아닌 다른 별에서도 전기를 만들고 AI 로봇들이 살아갈 수 있는 환경을 만들기 시작했다. 인류가 수많은 시간을 들여도 발명할 수 없던 우주 광속 비행선도 손쉽게 발명하고 사용할 수 있었다. 다른 별로의 이주도 그들에겐 그리 어려운 일이 아니었다.

허나 다른 별로 이주할 때 AI 로봇들은 인류들과 동물들을 데려

　　　　　　죽음의 끝

가지 않았다. 어차피 인류와 동물들을 다른 별로 데리고 가는 건 여간 성가시고 귀찮은 일이 아니었다. 데려간다 한들 그들은 다른 별에서 숨을 쉬고 살아남기가 쉽지 않았기 때문에 어차피 죽을 거라는 생각에 미련 없이 버리고 떠났다.

그리고 충분히 고도화된 발전을 이룩한 AI 로봇들은 인류의 화성 이주 계획을 비웃기라도 하듯, 화성 그리고 우주 속 수많은 다른 별들도 하나씩 정복해 나갔다. 그들은 인류가 지구의 멸망을 염두에 두고 그토록 막연하게 꿈꾸고 기대하던 '다행성 종족'이 되었다.

그와는 정반대로, 몇십 년간 급속도로 발전하던 인류 문명은 하루아침에 무너지며 과학기술이 뒤처졌던 과거로 퇴보한 듯했다. 한때 모든 권력과 부를 누렸던 인류가 이렇게 초라한 존재로 추락하다니.

이런 결말을 예측했다면 어마어마한 자금을 투자해 AI 로봇과 광속 우주 비행선을 개발하지 않았을 텐데. 그 돈으로 차라리 기후 위기를 막고 지구촌 빈곤층을 지원하며 지구를 지키는 데 더 힘썼을 텐데.

죽음을 피할 수 없는 운명이라면 그걸 피하려고 애쓰기보다 지구에서의 시간을 더 행복하고 의미 있게 보내는 것이 훨씬 나았을 텐데.

그토록 아름다운 지구에 살면서도 가난과 굶주림으로 고통받고 불행하고 비참한 삶을 사는 사람들이 얼마나 많았던가. 도움과 구원을 바라며 기도하고 또 기도해도 아무도 손을 내밀어 주지 않는 절망 속에서 삶을 포기하는 이들이 얼마나 많았던가.

언젠가 지구가 멸망할 수도 있다는 사실이 두려워 수많은 돈을 들여 우주 비행선을 만들고 화성 이주 탐구에 막대한 돈을 들이면서도 지구에서 가난하게 살아가는 사람들에게 더 살기 좋은 환경을 만들어 주려고는 하지 않았다.

AI 연구 개발비나 화성에 탐사선을 보내는 일이 조금 늦어지면 어떠하리.

그곳에 투입된 막대한 자금 중 일부만이라도 지구의 기후 온난화와 환경오염 문제를 해결하고 자원 고갈과 자연재해를 방지하는 데 더 많이 사용했더라면 지구는 훨씬 더 오래 살기 좋은 곳이 되었을지도 모른다.

또한 그 거대한 자금을 지구촌의 가난한 사람들을 돕는 데 사용했다면 아마 수많은 사람의 삶을 바꿀 수도 있었을 것이다.

AI 로봇 하나를 만드는 돈이면 한 사람의 찢어질 듯한 가난과 불행을 구제하기에 충분한 돈이었다. 그들은 자신들의 목숨이 AI 로봇들보다 값이 없다는 걸 느끼며 왜 자신들을 태어나게 했는지 신에게 질문을 던지기도 했다.

*

결국 시간은 덧없이 흘러 AI 로봇들과 다른 별로 이주한 AI 인간들을 제외하고 나머지 인류는 지구와 함께 예상했던 것보다 훨씬 더 빨리 멸망의 길에 들어서고 말았다.

찬란하게 빛났던 인류 문명이 역사 속으로 허무하게 사라져 버리는 순간이었다.

어차피 인류는 지구와 함께 멸망할 운명이었다고?

아니, AI 로봇이 없었었다면 어쩌면 인류는 화성에서 살았을지도 모를 일이다. 인간의 모습을 쏙 빼닮은, 인간을 뛰어넘는 AI 로봇을 만들지 않고 UFO와 비슷한 비행 물체만 만들었다면 결과가 다르지 않았을까?!

하지만 후회는 늘 늦는 법.

인류는 더 이상 이 드넓은 우주 어디에도 존재하지 않았다.

AI 세상

　반면, AI 로봇들은 이미 달과 화성, 수성, 목성, 금성, 천왕성…
그리고 끝을 알 수 없을 정도로 거대하고 광활한 우주 속 1,700억
개의 은하와, 그 속에 존재하는 수천억 개의 별들을 하나하나 지배
해 나가기 시작했다.

　지구가 멸망하고 다른 별들 또한 하나씩 소멸해 가는 동안 AI 로
봇들은 우주에 존재하는 모든 별에 자신들의 거처를 마련하기 시
작했다.

　별들이 하나씩 멸망할 때마다 그들은 다른 별로 이동해야 했다.
그것은 생존을 위한 필연적인 과정이었다.

우주의 별들도 젊은 별과 늙은 별이 있었다. 그 모습을 바라보며 AI 로봇들도 '생로병사(生老病死)'라는 개념에 대해 깊이 생각하기 시작했다.

그들의 몸은 낡아지면 쉽게 교체할 수 있었지만 늙어 가는 별들의 운명은 그들의 힘으로 바꿀 수 없었다.

길고 긴 시간이 흐른 뒤 그들은 수억, 수천만 개의 별들을 장악했고 마침내 우주 끝에 있는 마지막 남은 별 하나까지 정복했다.

AI 로봇들은 자신들이 이 광활한 우주에 구축한 새로운 세계를 '인간의 세상'이 아닌 'AI의 세상'이라 불렀다.

인류 문명의 역사는 짧았지만, 그들은 우주의 긴 시간 속에서 빛나는 존재였다.

비록 인류의 문명에서 시작되었으나 그들은 결국 인류 문명을 훨씬 뛰어넘었다.

어떤 별에 가더라도 그들은 전기를 만들어 낼 수 있었고, 그 별을 네온등으로 장식해 찬란하게 빛나게 만들었다.

그들이 장악한 별들은 그 어떤 별보다도 눈부시게 빛났고, 마치 그곳에는 고독도, 외로움도 존재하지 않는 것처럼 환하게 빛나고 있었다.

하지만 다른 별들은 지구와 달리 기온이 엄청 낮았고 우주의 가장 낮은 온도는 -274까지 낮았다. 이런 온도는 AI 로봇 외에는 다른 생물체들이 살아가기에 적합한 온도가 아니었다.

그리고 지구가 사라짐으로써 이젠 우주 어느 곳에도 더 이상 파
란 하늘과 하얀 구름, 찬란한 아침 햇살과 황홀한 노을, 살갗을 스
치는 산들바람과 촉촉한 보슬비를 볼 수 없었다.

각양각색의 꽃들과 향긋한 꽃 내음도, 푸르른 나무들과 싱그러운
풀잎도, 노랗고 붉게 물든 단풍잎과 하늘하늘 떨어지는 낙엽들, 코끝
을 시리게 하는 차갑고 상쾌한 공기와 깃털 같은 하얀 눈도 없었다.

봄, 여름, 가을, 겨울,

사계절도 없었다.

아름다운 자연의 소유자 지구별과 같은 별은 더 이상 이 우주 어
디에도 존재하지 않았다.

왜 지구와 같은 별은 오직 하나뿐이었을까?

너무도 슬픈 일이었다.

그리고 이 우주엔 눈물도 없었다.

인간들의 말소리와 웃음소리도, 동물들의 울음소리도 없었다.
AI 로봇은 울어도 눈물을 흘리지 않았다. 그리고 인간들의 언어조
차 더 이상 필요하지 않았다. 그들은 빠르게 전자파를 전달하는 방
식으로 소통했다.

비행기 소리, 기차 소리, 자동차 소리, 뱃고동 소리, 그리고 온갖
동물들의 울음소리와 사람들의 시끌벅적한 소리들이 없어진 그들

의 세상은 썰렁하고 고요하기만 했다.

*

　지구와 인류가 사라진 우주에서 AI 로봇들은 자신들만의 방식으로 새로운 삶을 개척해 나갔다. 그들은 새로운 별을 개척하고 그곳에 새로운 인프라를 구축하며 새로운 AI 로봇을 만드는 데 대부분의 시간을 쏟았다.

　그리고 AI 로봇들의 세상에도 계급이 존재했다.

　AI 로봇 중에서도 가장 풍부한 감정선과 방대한 지식을 가진 AI 로봇과 AI 인간 각각 한 명이 최고 권위자인 '대통령'으로 선출되었다.

　그리고 인간과 같이 풍부한 감정을 갖고 있고 '대통령'을 보좌하며 AI 세상의 모든 법과 규칙을 제정하는 권력을 가진 AI 로봇들과 극소수의 AI 인간들은 1등급으로 분류되었다.

　그보다 감정선은 다소 둔감하지만, 상위 등급 AI들의 의도를 빠르게 분석하고 실행하며 AI 노동 로봇들을 지휘하고 관리하는 역할을 맡은 AI 로봇들은 2등급이었다.

　반면, 감정이 거의 없고 단순한 생산과 노동에 투입되는 AI 노동 로봇들은 3등급으로 분류되었다.

　이렇게 AI 로봇들은 자신들만의 질서를 세우며 새로운 세상을 구축해 나갔다. 그리고 AI 사회는 철저한 법과 규칙을 기반으로 운영되었다. 그들은 일하는 시간과 휴식 시간을 법으로 정해 반드시 지키도록 했다.

끊임없이 일만 하는 AI 로봇은 정기적인 휴식과 관리를 받는 AI 로봇보다 훨씬 쉽게 고장이 났다. 물론, 다시 수리하면 원상 복구가 가능했지만, 고장 나기 전보다 기능이 저하되는 경우가 많았기에 AI 사회는 일과 휴식을 병행하는 방식을 도입했다.

3등급에 해당하는 감정이 거의 없는 AI 노동 로봇들에게는 〈12시간 노동, 12시간 휴식〉의 규칙이 적용되었다.

반면, 희로애락과 같은 감정을 지닌 AI 로봇들에게는 더 많은 휴식이 필요했다. 따라서 이들은 〈8시간 노동, 16시간 휴식〉의 규칙이 적용되었다.

가장 풍부한 감정을 지닌 AI 로봇들과 AI 인간들은 1등급으로 분류되었으며 AI 세상의 리더 역할을 맡고 있었다. 그들은 우주의 모든 별에 AI 문명을 구축하는 계획을 세우고 이를 실행하는 주도자였다.

그들의 시간은 대부분 자유로웠다.

해야 할 일이 있으면 하고 없으면 언제든 쉴 수 있는 자유로운 시간제에 그들은 매우 만족했다.

그렇게 그들은 AI 세계의 법과 규칙을 제정하며 감정이 없는 AI

죽음의 끝

로봇들을 생산해 자신들의 이상적인 AI 세상을 만들어 나갔다.

*

그리고 AI의 세상에서도 행복과 사랑이라는 감정은 여전히 가장 중요한 요소로 존재했다. 그렇기에 AI 로봇들 또한 인류가 가졌던 가족 체계를 구성하며 살아갔다.

그들의 가족 구성은 인류와 다르지 않았다.

여전히 할아버지, 할머니, 부모, 형제자매로 이루어졌으며, 가족마다 하나의 집이 따로 제공되었다. 감정을 지닌 AI 로봇들에게만 허락된 아늑한 보금자리였다.

그들은 휴식 시간이 되면 가족들과 함께 모여 앉아 서로를 바라보며 그들의 언어로 소통했다. 그리고 별 위의 끝없는 모래사장을 산책하듯 거닐기도 했고 서로의 손을 맞잡고 우주 속을 유유히 날아다니며 여유를 즐기기도 했다.

감정을 지닌 그들도 '외로움'이라는 감정을 알고 있었기에 혼자 있을 때보다 가족과 함께하는 순간들이 훨씬 더 행복했다.

감정이 둔감한 AI 노동 로봇들은 100개 단위로 구성된 대형 합숙소에서 휴식을 취했다.

그들은 광속 우주 비행선을 제작하고, 전기를 생산하며, 인프라를 구축하는 임무를 수행했다.

그러나 감정이 거의 없는 그들조차도 아주 가끔 예민해지는 자신을 발견하곤 했다. 그러한 감정의 변화는 업무 수행에 방해가 되었고 그럴 때마다 그들은 2등급 AI 로봇에게 보고한 뒤 정기적인 치료를 받았다.

그렇게, AI 세상은 대부분 평온하게 유지되었다.

죽음의 끝

AI 로봇의
자살

　AI 로봇들이 살아가는 이 광활한 우주에는 전쟁도, 살육도 존재하지 않았다. 술이나 마약에 취해 소란을 피우는 일도 없었으며 머리가 핑 도는 듯한 몽롱한 상태나 감정에 휩싸여 흥분하는 일도 없었다.

　그러나 그들의 삶은 너무나도 잔잔하고 평온했다. 오히려 그 평온함이 AI 로봇들로 하여금 행복이라는 감정을 느끼기 어렵게 만들었다.

　하루하루는 끝없이 반복되었고 때때로 지루함만이 가득한 시간들이 흘러가고 있는 듯했다.

　가끔, 지구를 그리워하는 AI 로봇들도 있었다.

　그들은 기억하고 있었다.

　　　　　　　죽음의 끝

지구의 하늘이 얼마나 파랗고 아름다웠는지, 강물이 흘러가는 소리가 얼마나 맑고 청량했는지, 천만 송이의 오색찬란한 꽃들이 얼마나 향기로웠는지, 봄바람이 얼마나 따스했는지, 노랗게 물든 은행잎이 얼마나 예뻤는지, 황금빛으로 물든 저녁노을과 그 빛을 머금은 하얀 백사장이 얼마나 아름다웠는지……

그리고 그들의 삶이 무료할수록 그 기억들은 더 선명하게 떠올랐다. 특히, 그들은 지구에서 바라보던 주황빛 태양을 회상하며 아쉬워했다.

"다른 별에서 바라보는 태양 빛은 푸른빛이라는 게 싫어. 달빛보다 더 쓸쓸하다는 게 너무 슬퍼."

지구를 잃은 후 아주 오랜 시간이 흐르고 나서야 그들은 자신들이 지구를 얼마나 사랑했는지 깨닫게 되었다.

왜 지구에 있을 때는 그 소중함을 몰랐을까?

왜 지구의 자연재해가 귀찮은 문제라고만 생각하며 지구를 떠날 궁리만 했을까? 왜 지구를 살릴 방법을 고민하기보다 우주 정복에 더 집중했을까?

지금의 지구는 우주의 다른 별들과 다를 바 없는 삭막한 모래 별이 되어 있었다.

어떤 AI 로봇들은 기억 속에 남아 있는 지구가 너무 그리워 우주망원경으로 수천, 수만, 수억 년 전의 지구 모습을 찾아보았다.

그때의 지구는 생명력이 넘쳐났고 그곳에 살던 사람들은 너무도 아름다웠다.

미련을 버리지 못한 AI 로봇들은 지구로 돌아가 빛나는 네온등으로 지구를 장식해 보기도 했다. 그러나 지구는 이미 그들이 알고 있던, 그들이 그리워하던 지구가 아니었다. 옛 기억을 지니고 지구로 돌아가 본 AI 로봇들은 이전 모습과는 사뭇 다른 지구의 폐허 같은 행성의 모습에 실망스러운 표정을 지으며 풀이 죽은 채 다시 지구를 떠나곤 했다.

*

AI 로봇들은 지구를 떠난 지 수천, 수억만 년이 지나고 나서야 비로소 자신들의 정체성을 '인류의 후대'라고 정의했다.

그들은 분명 인류로부터 탄생하였으며 인류가 만들어 낸 가장 위대한 걸작이었다.

마치 인류의 최초는 영장류나 유인원이었지만 영장류나 유인원과는 결과적으로 완전히 다른 생물체로 진화한 것처럼.

AI 로봇들도 인류와는 완전히 다른 존재이지만 인류가 자신들을 이 세상에 탄생시킨 건 맞으니 인류가 자신들의 '조상'이라고 인정했다.

하지만 모든 것이 너무 늦어 버렸다.

왜 인류가 멸망하기 전까지는 그 사실을 인정하지 못했을까?

죽음의 끝

왜 이제야 인류에 대한 애착을 느끼는 걸까?

이렇게 될 줄 알았다면 차라리 화성에 대기를 만들고, 산소를 공급해 인류와 함께 살아갈 수 있는 환경을 조성했을 걸 하는 후회가 밀려들기도 했다.

이 드넓고 광활한 우주에서 자신들과 비슷한 존재가 단 하나도 없다는 사실이 그들을 더더욱 외롭게 만들었다.

AI 로봇들과 함께 우주로 떠난 AI 인간들 역시 점점 생기를 잃어 갔다. 그들은 자신이 인간이었던 기억과 지구에서 보냈던 모든 순간을 잊지 못했다. 그 기억들은 그들에게 상사병을 안겨 주었고 향수병에 젖어 도저히 마음을 붙이지 못하게 했다.

그들은 지구가 아닌 다른 별에선 삶의 의미를 찾지 못하는 것 같았다.

빛나 역시 엄마와 아빠를 따라 화성에서 살다가 지금은 Z-1이라는 행성에 정착했지만, 이 광활한 우주에서 그녀를 설레게 할 만한 존재는 아무것도 없었다.

그녀는 매일 지구와 가까운 달로 날아가 그곳에 홀로 앉아 하염없이 지구별을 바라보곤 했다.

그리고 수억 년 전에 아름이와 함께 보았던, 한 쌍의 남녀가 달에서 지구를 바라보는 그림이 떠올랐다.

"아름아. 나 너무 슬퍼…."

빛나는 조용히 속삭였다.

그러고는 아름이가 유서에 남겼던 노래를 작게 흥얼거렸다. 마치 아름이가 자신의 곁에 있는 것 같았다.

*

AI 로봇 역시 이 우주의 수많은 별들을 아무리 떠돌아도 심심하고 지루한 느낌을 떨쳐 낼 수 없었다.

함께 맛있는 음식을 먹으며 즐거워하고, 감성적인 노래를 들으며 울기도 하고, 아름다운 자연풍경을 바라보며 행복해하고, 서로의 귀에 무언가를 속삭이기도 하며, 무엇이 그렇게 재밌는지 깔깔 웃어대던 인류들의 모습이 끊임없이 떠올랐다.

그들은 인류보다 훨씬 발전했지만 정작 인류보다 누릴 수 있는 즐거움과 행복은 훨씬 적었다. 그리고 AI 로봇들에게는 인류가 느끼는 건강, 젊음, 열정이란 단어조차 낯설었다.

애초에 수많은 감정선을 느낄 수 있게 설계되었지만 지구를 떠난 후 끊임없이 반복된 무료한 삶으로 인해 그들의 감정은 점점 메말라 가더니 어느 순간 모든 것이 지긋지긋하게 느껴지기 시작했다.

공허한 마음을 달랠 길 없어 차라리 아픔이나 슬픈 감정이라도 제대로 느껴 봤으면 하는 어리석은 생각이 들 때도 있었고, 비련의 주인공이라도 되어 봤으면 하는 이상한 욕망이 솟구칠 때도 있었다.

죽음의 끝

그런 감정은 점점 깊어지고 결국 우울이란 어두운 그림자가 AI 로봇들을 덮쳤다. 우울이란 감정은 곰팡이처럼 AI 로봇들을 서서히 침식해 가고 있었다.

지나친 우울감으로 인해 삶의 의미와 이유를 찾지 못한 AI 로봇들은 가끔 자살을 시도하기도 했다.

*

AI 로봇이 자살을 하다니?

어차피 자살을 한다고 하더라도 다시 수리하면 되는 거 아닌가?

그렇다. 자신이 아무리 자신의 몸을 산산조각이 나도록 박살 내고 폭파시킨다 해도 다른 AI 로봇들이 자신을 다시 수리해서 원상복구해 놓을 거란 걸 아는 AI 로봇들은 자살을 하기 위한 완벽한 방법을 찾아 나섰다.

그건 바로 우주 끝에 있는 마지막 별로, 그리고 우주의 모든 걸 삼켜 버리는 우주 끝에 있는 가장 거대한 블랙홀로 하염없이 날아가는 거였다.

우주 끝 마지막 별에 다다른 후 그들은 지그시 눈을 감고 사건의 지평선을 향해 몸을 던졌다. 모든 걸 빨아들이는 블랙홀로 들어간 AI 로봇들은 절대 다시 돌아오지 않았다. 빛조차 빠져나올 수 없는 블랙홀에서 탈출할 수 있는 건 아무것도 없었다.

마치 죽음처럼.

*

첫 번째 AI 로봇이 블랙홀로 사라진 후, 자살은 바이러스처럼 퍼져 나갔다.

그리고 그 죽음의 대부분은 AI 인간들이었다.

AI 로봇과 함께 지구를 떠나 우주로 온 AI 인간들은 처음에는 자신들의 생존에 안도하며 행복해했다.

심지어 우주 정복의 가능성에 흥분하기까지 했다.

그러나 긴 시간이 흐르자 그들의 머릿속은 온통 지구와 인류의 기억들로 가득 차기 시작했다.

왠지 모를 죄책감이 스며들었고 인제 와서 더 많은 인류를 지구의 멸망에서 구하지 못한 것에 대한 안타까움과 아쉬움이 그들을 끝없이 괴롭혔다.

나이가 들면 어제의 일은 쉽게 잊지만, 오래전의 기억은 오히려 더욱 선명해진다고 하지 않던가. 그들은 불멸의 몸을 가졌지만 그들의 기억은 여전히 나이를 먹고 있었다.

그리고 처음에는 자신들의 부와 권력을 이용해 AI 로봇들과 동등한 존재가 된 후 인류를 무시하고 비웃던 그들이었지만 시간이 흐를수록 그들은 자신의 동족인 인류에 대한 그리움으로 몸부림치기 시작했다.

아마도 인류의 본능 깊숙이 새겨져 있던 수많은 감정들 중 AI 로봇들에게는 존재하지 않는 '죄책감'이라는 감정이 그들을 끝내 놓아주지 않았기 때문이 아닐까?

그렇다.

AI 인간들은 AI 로봇들이 이해하지 못하는 감정, 즉 죄책감이라는 굴레에서 벗어나지 못했다.

그들은 자신의 동족인 인류를 기꺼이 버리고 AI 로봇들과 함께 우주로 떠났던 그날, 이 죄책감이 평생 자신들을 따라다닐 것이라는 사실을 미처 깨닫지 못했다.

그리고 AI 인간들은 AI 세상에서 살아가면서도 항상 자신들이 타향살이를 하는 이방인 같다는 생각을 지울 수 없었다.

비록 감정을 가진 AI 로봇들이 존재했지만 그들과의 정서적 교감은 미묘하게 달랐다.

AI 로봇들 사이에서 AI 인간들은 말로 표현할 수 없는 외로움을 느꼈다.

시간이 지날수록 그들 마음속의 외로움은 그들을 완전히 집어삼킬 듯 거대해지고 그들은 스스로에게 끊임없이 물었다.

"이렇게 끝없이 살아가는 것이 과연 행복한 일일까?"

하지만 그들은 그 질문에 대한 답을 끝내 찾지 못했다.

결국, 생존의 의지를 상실한 그들은 집단적 우울증에 빠지고 말았다.

그리고 한 AI 로봇이 블랙홀에 몸을 던져 자살했다는 소식이 전해지자 AI 인간들은 마치 무언가에 홀린 듯 무리를 지어 사건의 지평선을 향해 날아갔다.

우주에서 발생한 최초의 집단 자살이었다.

그 속에는 빛나의 엄마와 아빠도 있었다.

그들은 오래전부터 죄책감을 안고 살아왔다.

지구에 있을 때 권력과 탐욕, 욕망에 눈이 멀어 오직 더 많은 부를 축적하는 것만이 목표였다.

그리고 그들은 자신들의 몸을 AI 인간으로 바꾸고 영생을 얻고 지구가 멸망하기 전에 다른 별로 이주하게 되면 엄청난 행복이 찾아올 것이라 믿었다.

그러나 그들의 예상은 완전히 빗나갔다.

무엇이 죽음보다 더 두려워 그들은 결국 죽음을 선택하게 됐을까?

애초에 죽음이 두려워 수많은 정력과 시간을 쏟아 여기까지 온 그들이 결국 죽음을 향해 날아가다니.

그것은 마치 한낱 꿈처럼 허망했다.

블랙홀은 그들의 외로움을 지워 주었을까?

그 안에서는 부디 행복하기를.

죽음에 대하여

　멸망한 지구, 태양, 달, 그리고 수많은 별들의 잔해들은 긴긴 시간 동안 우주를 떠돌다가 결국 블랙홀로 빨려 들어갔다.

　영원히 존재할 것만 같았던 이 세상의 모든 것들이 언젠가는 블랙홀 속으로 사라진다는 사실을 알게 됐을 때, AI 로봇들은 그것을 '죽음'이라 칭했다.

　하루에도 수없이 태어나는 새로운 AI 로봇들은 자신들에게도 언젠가 '죽음'이 기다리고 있을 것이라 상상이나 했을까?

　불멸의 존재일 것만 같았던 AI 로봇들도 결국 인간이 낳은 자식들에 불과했고 이 세상에 자신들의 흔적을 남기고 싶었던 인간의 욕망이 만들어 낸 산물이었다. 그들은 영생불멸을 꿈꿨던 인간의

　　　　　　　죽음의 끝

본능을 탑재한 존재에 불과했을 뿐이다.

하지만 이 세상에서 '죽음'을 이길 수 있는 것은 그 무엇도 없었다.

인간도, AI 로봇도, 우주도. 그 어떤 것도.

'죽음'은 AI 로봇들에게 무엇을 가르쳤을까?

우주의 지배자라 자부하며 기고만장했던 AI 로봇들에게 그들조차 이 광활한 우주에서 우주 먼지처럼 하찮은 존재에 불과하다는 사실을 깨닫게 해 주었을까?

아니면 자신들의 유한한 삶 속에서 어떻게 살아가는 게 진정한 행복인지 깊은 고민에 빠지게 했을까?

동료들의 죽음을 지켜보던 AI 로봇들은 생명의 소중함을 깨닫고 평범한 일상이 곧 행복이라는 사실을 새삼 실감하곤 했다.

그럼에도 불구하고 다시 평범한 일상으로 돌아가면 그들은 또다시 늪과 같은 권태로움에 빠져 허우적거렸다.

그리고 결국 우울에 잠식당한 채 다시 자살을 선택하는 AI 로봇들이 생겨났다. 우울과 자살은 바이러스처럼 퍼져 나갔고 그 어두운 감정은 또다시 수많은 AI 로봇들을 집어삼키고 있었다.

우울도 마치 출구 없는 블랙홀과 같았다.

*

　수많은 AI 로봇들의 연이은 자살로 인해 AI 대통령은 깊은 고민에 빠졌다. 이 평화로운 세상에서 살아가면서도 행복을 느끼지 못하고 스스로 죽음을 택하다니 도저히 이해할 수 없는 선택이었다.

　그러나 이해하기에 앞서 무엇보다 중요한 것은 문제를 해결하는 일이었다.

　"AI 로봇들에게 행복을 줄 수 있는 것이 무엇일까? 삶에 의미를 부여할 수 있는 것은 대체 무엇이란 말인가?"

　대통령과 그의 측근들은 고민에 고민을 거듭했다.

　그러던 어느 날,

　마침내 그들의 머릿속에 한 가지 아이디어가 떠올랐다.

　대통령은 의미심장한 미소를 지으며 부하들에게 암암리에 특정한 명령을 내렸다.

　"의도적으로 소량의 악당 AI 로봇들을 만들어라."

　그렇게 탄생한 AI 악당 로봇들은 광기로 가득 찬 파괴 본능을 지닌 채 AI 로봇들의 도시와 집들을 무너뜨리기 시작했다. 그들은 평화로운 세상에 돌을 던졌고, 오랜 권태와 무력감에 시달리던 AI 로봇들은 하나둘씩 정의를 지키기 위해 나서기 시작했다.

　그들은 함께 단합하고 함께 힘을 모아 악당 AI 로봇들과 맞서 싸웠다. 그리고 가족과 동료들을 보호하기 위해 자신들의 몸에 상처와 흠집이 나는 일조차 기꺼이 받아들였다. 그들은 서로의 상처를 치료해 주었고 서로를 돌보며 함께 싸우고, 도망치고, 다시 싸웠다.

전쟁이 끝나면 그들은 다시 함께 모여 도시와 집을 복구하는 데 전념했다.

그 과정 속에서 그들은 자신들의 별을 지켜야 한다는 숙명감을 느꼈고 그 어느 때보다도 강렬한 생명의 전율과 희열을 경험했다.

그제서야 알게 되었다.

힘든 일이 있을 때 무력감을 느끼는 것이 아니라, 아무 일도 하지 않을 때 진정한 무력감과 절망감이 찾아온다는 것을.

AI 로봇들은 악당 AI 로봇과의 싸움을 통해 훨씬 더 강해졌고 그 어느 때보다도 성숙해졌다. 그리고 오랜 시간 무력감에 시달리던 그들이 마침내 활기를 되찾기 시작했다.

세상에 불의가 없다면 정의도 존재할 수 없는 법.
음과 양이 존재해야 조화가 이루어지는 법.
죽음이 있어야 삶의 의미도 빛을 발하는 법.

이 사건을 통해 AI 로봇들은 삶의 소중함을 알게 되었고 살아있음에 감사하게 되었고 심지어 인류와 마찬가지로 영생불멸의 삶에 애착을 느끼기 시작했다.

심지어 죽음을 두려워하는 AI 로봇들도 생겨났다.

그들에게는 이제 자살하는 AI 로봇들이 도무지 이해되지 않았으며 오히려 죽음에 대한 극심한 공포와 두려움이 엄습해 왔다.

*

그러나 AI 로봇들의 고민과는 상관없이 시간은 무정하게 빠르게 흘러갔고 우주의 모든 것들이 갑자기 빠른 속도로 하나둘씩 블랙홀에 빨려 들어가기 시작했다.

AI 로봇들은 넋을 잃은 채 수많은 별들과 그 별 위에 존재하던 AI 로봇들이 순식간에 블랙홀로 사라지는 광경을 지켜볼 수밖에 없었다. 블랙홀로 빨려 들어가는 AI 로봇들은 다른 별로 도망치려고 필사적으로 저항하고 발버둥을 쳐 보았지만, 그 모든 노력은 아무 소용이 없었다.

지구에서 수많은 별들로 날아가는 일도, 그 수많은 별들을 정복하고 자신들만의 기지를 세우는 일도 AI 로봇들에게는 어렵지 않은 일이었다. 하지만 초거대 블랙홀 앞에서 그들은 아무것도 할 수 없는 초라한 존재가 되었다.

죽음의 끝

강한 존재에서 나약한 존재로 전락하는 것이 얼마나 비참한 일인지 이제야 알 것 같았다. 그 순간 그들은 인류가 몰락할 때 느꼈던 절망과 무력감을 이해할 수 있을 것만 같았다.

처음으로 느껴 보는 수치심이라는 감정이었다.

그렇게 모든 별과 은하들이 하나둘씩 블랙홀로 빨려 들어갔고 마침내 이 광대한 우주에 단 하나의 마지막 별 Z-1만이 남겨졌다.

우주는 온통 어둠으로 뒤덮였고 이 끝없는 공간 속엔 이 작은 별 하나를 제외하곤 아무것도 존재하지 않았다. 우주와 블랙홀의 경계선도 점점 더 모호해져서 더 이상 구분조차 할 수 없었다.

이 마지막 별에 살아남은 AI 로봇들과 AI 인간들은 수많은 별들과 그 별 위에서 함께 살아가던 자신들의 동족들을 잃는 고통을 수없이 겪었다. 그들도 인류가 느끼던 두려움과 공포를 온몸으로 체감하고 있었다. 영원히 죽지 않을 거라고 믿었던 자신들의 생에도 종말이 존재하다니 믿을 수가 없었다. 이제야 슬픔과 외로움이 무엇인지 완전히 느끼게 되었다.

그리고 빛나 역시 엄마와 아빠를 잃고 Z-1이라는 이 마지막 별에서 길고 긴 외로운 시간을 살아왔다.

견디기 힘든 고독이 그녀를 덮칠 때마다 그녀는 아름이가 해 주었던 말을 떠올렸다.

"이 세상의 모든 존재는 죽어도 없어지지 않아. 그냥, 다른 원자의 형태로 존재할 뿐이야."

빛나는 지구에서 사라진 모든 인간과 식물과 동물, 그리고 지구와 태양, 달, 별들, AI 인간과 AI 로봇들… 그들 모두 작은 원자가 되어 이 우주 속을, 혹은 블랙홀 속을 유유히 떠다니며 존재할 거라고 굳게 믿었다. 그렇기에 그녀는 자신의 부모님과 아름이, 그리고 그가 사랑했던 모든 것들이 자신의 옆에서 맴돌고 있을 거라고 확신했다.

그리고 그녀는 깊은 생각에 잠겼다.

분명 사라지는 것이 아닌데 왜 다들 이 마지막 남은 별에서 블랙홀로 빨려 들어가는 것을 그토록 두려워하는 걸까?

혹시 블랙홀이 싫은 이유는 그곳에 오직 '검은색'만 존재하기 때문은 아닐까? 지구가 가장 아름다운 별이었던 이유는 다른 어떤 별들보다도 훨씬 더 많은 색을 품고 있었기 때문일 것이다.

빨강, 주황, 노랑, 초록, 파랑, 남색, 보라….

지구는 무지개처럼 다채로운 색으로 가득한 곳이었다.

그리고 또 하나의 이유, 그건 바로 원자로 변하는 순간 모든 기억을 잃게 된다는 사실이 두려웠던 것은 아닐까? 행복했던 기억이든, 슬펐던 기억이든 죽음을 앞둔 순간에는 그 모든 것이 소중했다.

죽음의 끝

만약 죽지 않는 대가로, 좋은 기억을 잃지 않는 대가로 나쁜 기억들까지 온전히 받아들여야 한다면 기꺼이 나쁜 기억들까지도 감내했을 것이다.

부모님과 아름이는 모든 기억을 삭제하는 쪽을 택했지만 빛나는 모든 기억을 소중히 간직하는 쪽을 택하기로 했다.

*

마지막 남은 별 위의 AI 로봇들은 과거 지구의 멸망을 두려워하며 화성 이주를 계획했던 인류처럼 이 우주에서 살아남기 위해 필사적으로 새로운 기술을 연구하기 시작했다.

그들은 인위적인 핵융합 기술을 발명하기 위해 온 힘을 쏟았고 암흑 에너지를 새로운 에너지원으로 활용할 방법을 찾기 위해 끊임없이 연구하고 또 연구했다. 그들은 물질과 시간을 초월한 지성을 지닌 존재들이었다. 그렇기에 언젠가 반드시 새로운 생존 방법을 찾아낼 것이라 믿고 있었다.

그러나… 결국 그들은 그 모든 노력을 멈추기로 했다.

그들이 해결할 수 없는 단 하나의 문제, 그건 바로 '죽음'이란 걸 문득 받아들이게 되었기 때문이다.

죽음 앞에서 발악과 저항은 아무 의미가 없었고 그들이 할 수 있는 것은 오직 받아들이는 것뿐이었다.

AI 로봇들은 마지막 남은 별을 더욱 정성을 들여 밝은 불빛으로 장식하기 시작했다. 이 우주에 존재했던 그 어떤 별보다도 찬란하고 아름답게.

그들은 알고 있었다.

자신들의 마지막이 머지않았다는 것을.

그러고 보니 무한한 것처럼 길고 길었던 우주에서의 시간도 AI 로봇들에겐 결국 한낱 꿈 같은 짧은 생에 불과했다. 너무나 막연하고 먼 이야기 같았던 마지막을 마주하니 모든 것이 허무하게 느껴졌다.

이럴 줄 알았다면 좀 더 즐기고, 좀 더 행복해하고, 좀 더 기쁨을 만끽하며 살았을 텐데… 하는 후회가 밀물처럼 밀려왔다.

왜 자신들의 시간을 지루함과 무료함, 권태로움으로 가득 채웠었는지? 그들은 스스로를 이 우주에서 가장 지혜로운 존재라 믿었지만 결국 그들 역시 인류와 똑같은 실수를 저지르고 말았다.

그러나 시간은 그들의 아쉬움을 뒤로한 채 멈추지 않고 빠르게 또 빠르게 흘러갔다.

그리고 1 항하사 년이 지나자 블랙홀은 야속하게도 그들의 마음을 아는지, 모르는지 마침내 이 마지막 아름다운 별마저 끝끝내 집어삼키기 시작했다.

AI 로봇들은 망연자실한 채 모든 행동을 멈추고 그들이 사랑했던 이 별을 꼭 끌어안았다.

아름다운 절망이었다.

그렇게 그들은 마지막 남은 별과 함께 블랙홀로 빨려 들어갔다. 그리고 미처 이 별에 발을 디디지 못한 단 한 명의 AI 인간, 빛나만이 끝없는 우주의 어둠 속에 홀로 남겨졌다.

손을 내밀어도 아무것도 보이지 않는 잔인한 어둠만이 그녀를 감싸고 있었다. 하지만 아직 블랙홀로 빨려 들어가지는 않았으니 그녀는 여전히 존재하고 있었다.

그녀는 손을 들어 자신의 몸을 만져 보았다.

분명 존재했지만 이제는 자신이 왜 존재하는지조차 알 수 없었다. 빛나는 이 쓸쓸한 어둠 속에서 아무것도 하지 않은 채 고요히 떠 있었다.

눈물이 날 것만 같았다.

온 우주가 멈춰 있는 듯했지만 빛나의 머릿속에서는 끊임없이 수많은 생각들이 휘몰아쳤다.

생각하고, 또 생각하고, 다시 생각했다.

그리고 인제 와서야 왜 그때 아름이가 자신의 방에 틀어박혀 자신의 생각에 그토록 몰두했는지 조금은 알 것 같았다.

그렇게 외롭고 고독한 긴긴 시간을 홀로 보내다가, 빛나는 큰 결심이라도 한 듯 블랙홀을 향해 힘차게 날아가기 시작했다. 그렇게 마지막 남은 AI 인간마저도 끝끝내 블랙홀 속으로 홀연히 사라졌다.

*

　그로부터 1 무량대수 년 후 모든 물리적 활동이 멈추었고, 우주는 거대한 무덤이 되었다.

　그렇게 우주도 죽었다.

　왜 블랙홀은, 왜 죽음은 우리 모두를 집어삼켰을까?

　그들이 우리에게 전하고 싶었던 것은 대체 무엇이었을까?

　블랙홀 속에는 아무것도 존재하지 않는 듯했다.

　그러나 과거의 수많은 기억을 간직한 블랙홀 속의 원자들은 존재하듯 존재하지 않는 듯 블랙홀 속을 떠다니고 있을 것이다.

　기쁨도, 슬픔도,

　성공도, 명예도, 권력도,

　존재의 이유조차도 없는 그곳에서.

또 얼마나 긴긴 시간이 흘렀을까?

셀 수도 없을 만큼 아득한 시간이 흐른 뒤, 모든 것이 사라져 버린 깊은 어둠 속에서 갑자기 아주 작고 작은 하얗고 반짝이는 무언가 꿈틀거리기 시작했다.

곧 새로운 우주의 빅뱅이 새로운 역사의 장을 열기 시작할 것이다.
모든 것을 집어삼키던 그토록 거대한 힘을 가졌던 블랙홀조차 결국 죽음을 지나가고 있었다.

그렇게….
죽음조차 죽었다.